LIBERANDO ENDEMONIADOS

UN LIBRO BASADO EN HISTORIAS REALES, QUE PONE DE MANIFIESTO LA REALIDAD DEL MUNDO ESPIRITUAL DEMONIACO, Y EL GRAN PODER DE DIOS.

JULIO SAUCEDO

RECONOCIMIENTO

QUIERO DEDICAR Y AGRADECER A NUESTRO SEÑOR Y SALVADOR JESUCRISTO, Y AL ESPÍRITU SANTO POR PERMITIRME ESCRIBIR ESTE PROYECTO, DONDE QUIERO DEJAR ESCRITAS ALGUNAS DE LAS MUCHAS EXPERIENCIAS DE SANIDAD Y LIBERACIÓN QUE NOS HA PERMITIDO

PRESENCIAR, Y VER CÓMO DIOS TIENE EL PODER DE CAMBIAR LA VIDA DE LOS SERES HUMANOS Y LIBERARLOS DE CUALQUIER ATADURA O POSESIÓN DEMONÍACA.

A NUESTROS HERMANOS Y AMIGOS QUE NOS HAN PERMITIDO ESCRIBIR SUS TESTIMONIOS E HISTORIAS PROPIAS VIVIDAS EN ESTE MINISTERIO.

A MI ESPOSA ARELI SAUCEDO, Y A MIS HIJOS MELVIN Y MAYLIN SAUCEDO, POR EL APOYO QUE HAN SIDO A MI LADO EN ESTOS 20 AÑOS DE MINISTERIO, QUE SIEMPRE HAN ESTADO COMO TESTIGOS DE LOS GRANDES MILAGROS QUE DIOS HA HECHO EN LA GENTE, A TRAVÉS DE NUESTRO MINISTERIO.

DOY GRACIAS AL EQUIPO DE LIDERAZGO QUE SIEMPRE HAN SIDO FIELES EN EL APOYO INCONDICIONAL EN EL MINISTERIO

"GETHSEMANÍ",

UN MINISTERIO DE SALVACIÓN, SANIDAD Y LIBERACIÓN, ESPECIALMENTE A FERMÍN MENDOSA Y ELIZABETH ARTERO, QUIENES HAN SIDO PARTE DE ESTA TRAYECTORIA MINISTERIAL Y TESTIGOS DEL GRAN PODER DE DIOS.

INTRODUCCIÓN

Mar 16:17 Y estas señales seguirán a los que creen: En mi nombre echarán fuera demonios; hablarán nuevas lenguas;

Mar 16:18 tomarán en las manos serpientes, y si bebieren cosa mortífera, no les hará daño; sobre los enfermos pondrán sus manos, y sanarán.

Vivimos en una sociedad donde muchas congregaciones desconocen lamentablemente el ministerio de la sanidad y liberación de demonios, donde están más enfocadas en la motivación personal y la prosperidad que en la liberación de la gente de las fuerzas demoníacas que el diablo pueda estar ejerciendo aun en los mismos cristianos.

HAY RIQUEZAS O POBREZAS CAUSADAS O INDUCIDAS POR LOS DEMONIOS, TANTO EN LA GENTE INCONVERSA COMO EN LOS CRISTIANOS

Esa es una de las razones por la cual a muchos cristianos les cuesta mucho cambiar de vida, o de hábitos ocultos pecaminosos, porque no han experimentado una verdadera liberación. Y es que algo que tenemos que saber es que no todas las personas han tenido el mismo pasado: mucha gente se ha visto envuelta en ritos diabólicos, en santería, brujería, pactos con demonios, satanismo, personas que han tenido experiencias sexuales con demonios, como el duende, o con animales. Personas que se han visto al borde de la muerte, o simplemente llegan a una iglesia hechizados y, más que aceptar a Cristo, muchas veces necesitan una ministración de liberación para que sean realmente libres.

Echar fuera demonios fue algo que Jesús ordenó juntamente con la comisión de ir por todo el mundo y predicar el evangelio a toda criatura.

Jesús no solo nos dio la orden o la gran comisión de predicar el evangelio y hacer discípulos, sino que nos dio el poder y la autoridad de su nombre para echar fuera demonios y sanar enfermedades, y potestad sobre toda fuerza del mal, y nada nos dañará.

Lucas 10:19 He aquí os doy potestad de hollar serpientes y escorpiones, y sobre toda fuerza del enemigo, y nada os dañará.

La liberación de demonios debe de ser no solo una responsabilidad del predicador, sino una señal de que realmente estamos operando dentro del verdadero reino de Dios.

Lucas 11:20 Mas si por el dedo de Dios echo yo fuera los demonios, ciertamente el reino de Dios ha llegado a vosotros.

Por medio de este libro, Dios le hará entender que lo que Pablo le dijo a la iglesia de Efesios tiene un sentido literal.

Efe 6:12 Porque no tenemos lucha contra sangre y carne, sino contra principados, contra potestades, contra los gobernadores de las tinieblas de este siglo, contra huestes espirituales de maldad en las regiones celestes.

Y usted podrá conocer y entender cómo lidiar con operaciones de carácter espiritual en el futuro.

EL LLAMADO DE DIOS AL MINISTERIO

En el año 2003, después de haber integrado en Guatemala durante algunos años en el grupo norteño GETHSEMANÍ, viajé a los ESTADOS UNIDOS, llegando a la ciudad de Los Ángeles, California.

Fue cuando Dios me llamó al ministerio pastoral, comenzando a predicar el evangelio a una familia, o mejor dicho, a una pareja de esposos que Estaban separados.

Dios nos usó para restaurar esa familia, dando inicio así a reuniones familiares. Es así como se dio inicio a lo que hoy es un ministerio internacional.

Siempre pensé que Dios tenía algo especial en el llamado que nos hizo, porque constantemente veía a la gente convertirse al Señor, y frecuentemente veía cómo los demonios se manifestaban, especialmente cuando yo oraba por la gente o cuando yo ministraba la alabanza o adoración.

CUANDO DIOS TE LLAMA VERDADERAMENTE AL MINISTERIO, ÉL MISMO TE CAPACITA Y TE RESPALDA PARA CUMPLIR SU PROPÓSITO EN TI

En una ocasión viajé a Guatemala, a visitar a mi país. Tenía como tres años de haber iniciado el ministerio en Los Ángeles, CA. Eran como las seis de la tarde cuando una vecina llegó a buscarme para pedirme que fuera a orar por su hijo, de unos 30 años, que estaba poseído por un demonio. En ese momento fui; quedaba como a unos diez minutos de mi casa en Guatemala. Estaba yo en Champerico, en el barrio El Guayacán. Cuando llegué a su casa, afuera de la casita estaba un buen grupo de gente espiando, muy asustada de ver lo que adentro del ranchito estaba pasando. Cuando yo entré, me llevé la sorpresa de que el muchacho estaba en calzoncillo, amarrado con un lazo pegado al horcón de aquella casa, haciendo gestos violentos, sacudiéndose y echando espumarajos por la boca. Entonces, cuando me vio entrar, el muchacho reaccionó violentamente y reventó el lazo, y se me encimó con violencia. Entonces, yo, sin experiencia, solo le dije: "En el nombre de Jesús te sujetas", y el muchacho cayó como tieso al suelo. Recuerdo que le puse la rodilla en el pecho, y lo sujeté fuertemente con mis manos y le ordené al demonio que se fuera. De repente pegó un grito escalofriante y mucha espuma salió por la boca, y se quedó como muerto. Les confieso que me asusté más yo que la gente que estaba afuera.

Y Dios lo liberó en ese momento. Fue mi primera experiencia. Luego me levanté sudando y temblando, pero no era de la unción, sino del miedo. Pero ahí aprendí cómo el poder de Dios sujeta a los demonios, y los demonios **le obedecen**.

A LA BATALLA SIN EXPERIENCIA

Una de las cosas que he aprendido en este ministerio es de la importancia que es tener experiencia y conocimiento para ser más efectivo en una liberación.

Otra cosa que me pude dar cuenta es que hay muy poca enseñanza de liberación de demonios en los ministerios, y muchos comenzamos sin tener ninguna experiencia, solo por la fe de que Dios está con uno. Y más de una vez nos llevaba horas ministrando liberación: sudábamos, nos cansábamos, y más de una vez la gente se quedaba igual sin ser liberada.

Porque hay personas que no solo cargan un demonio, sino que ya los demonios han creado fortalezas en ellos, como el endemoniado gadareno que tenía una legión, los cuales eran más de dos mil demonios.

LOS DEMONIOS PUEDEN CREAR FORTALEZAS Y GOBERNAR A UNA PERSONA, UNA FAMILIA, UN BARRIO, UN PUEBLO O UNA NACIÓN.

En el pueblo donde yo crecí hay un barrio donde, en una casa, el papá tuvo relaciones sexuales con sus hijas. Años después, el vecino siguiente también tuvo relaciones sexuales con sus propias hijas. Años después, el siguiente vecino no solo tuvo relaciones sexuales con sus hijas, sino que llegó al extremo de tener hijos con sus hijas. Estos tres sucesos se dieron en el mismo perímetro, lo cual nos enseña que ahí gobernaba un espíritu de incesto. Y es que los demonios gobiernan lugares o regiones donde ellos toman derecho legal. Por eso los demonios del gadareno decían a Jesús: "No nos eches fuera de esta REGIÓN".

Mar 5:9 Y le preguntó: ¿Cómo te llamas? Y respondió diciendo: Legión me llamo; porque somos muchos.

Mar 5:10 Y le rogaba mucho que no los enviase fuera de aquella región.

EL PRIMER MILAGRO DE LIBERACIÓN QUE EXPERIMENTÉ EN MI VIDA

Tenía seis meses en el ministerio como pastor cuando un día domingo, después del culto de la mañana, la gente se estaba terminando de ir para sus casas. El sol brillaba fuertemente como a las dos de la tarde. De repente, entró a la iglesia un señor con una apariencia muy distinguida y me preguntó quién era el pastor. En ese entonces yo tenía 33 años y cualquiera me miraba como un joven más, miembro de la iglesia. Entonces me identifiqué y le dije: "Yo soy el pastor". Me dio una mirada de pies a cabeza. Entonces entendí que no era quizás lo que él pensaba ver, pero cuando lo saludé, se quebró y sus lágrimas comenzaron a rodar en sus mejillas. Entonces entendí que traía algo muy fuerte en su corazón.

Y comenzó a contarme su triste historia: su hija estaba en un manicomio, desahuciada de la medicina, medicada de por vida, diagnosticada con trastorno mental severo. Me contó que unos muchachos que trabajaban con él le contaron que Dios puede hacer milagros. Entonces, abrumado por su necesidad y por el dolor de ver a su hija en un manicomio, sin esperanza alguna de la ciencia, tomó la decisión de buscar ayuda en alguna iglesia. Y hoy entiendo que Dios, sin lugar a dudas, lo direccionó, permitiéndole llegar a nuestro ministerio ese día. Luego, después de charlar unos minutos, me vi comprometido a ir a su casa a orar por su hija. Él la había llevado a un apartamento bajo cuidados de seguridad, para al menos tenerla en casa unos días.

Recuerdo que una hermana líder de la iglesia, una joven llamada Ester, me acompañó. Cuando llegamos a la casa donde estaba la joven, era triste el cuadro: ver aquella joven atrapada en las profundidades de una enfermedad mental que ningún tratamiento parecía poder aliviar.

Pero mi fe en Dios y el poder de la oración son inquebrantables, y me le acerqué con mucha cautela. Era mi primera experiencia, y recuerdo que le dije a la hna. Ester: "Quédese en la puerta y no la cierre, porque si la fe me falla, al menos las piernas sí las tengo buenas para salir corriendo".

Comencé una breve conversación con ella. Las paredes de aquella habitación parecían susurrar historias de desesperación, y la mirada de aquella joven, entre feroz y diabólica, se cruzaba en círculos. Y de repente me clavaba la mirada y rechinaba los dientes, como queriendo reaccionar con violencia. Confieso que mis piernas se estremecían; no sé si de miedo o si en mi subconsciente las estaba preparando para salir corriendo. Entonces comencé a dirigirle una oración, aceptando a Jesús, y entre palabras cortadas repitió la oración. Oré por ella, poniendo la fe en el poder de la oración, y desde ese momento su vida comenzó a redireccionarse. Comenzamos a llevarla a la iglesia. Un mes después estaba completamente recuperada y en su juicio cabal, tanto así que cuando tuvo su próxima cita al psiquiatra de rutina, ella le dijo que ya estaba sana. Y el doctor pensó que estaba más loca cuando ella le dijo que Jesús la había curado, y la quisieron volver a encerrar en el manicomio porque no le creían. Y tuvo que llegar su padre a testificar que efectivamente ella ya estaba sana.

SANIDAD A TRAVÉS DE LA ALABANZA Y ADORACIÓN

En el inicio de nuestro humilde ministerio, habíamos presenciado ya innumerables testimonios de la gracia de Dios, y de su poder para sanar y liberar a muchas personas. Pero la historia de una mujer llamada Josefina se destacó en mi vida como un recordatorio constante de los milagros más extraordinarios que hemos experimentado a lo largo de nuestro ministerio.

Josefina había sufrido durante 24 largos años, enfrentando los horrores de los ataques epilépticos que habían atormentado su vida desde su juventud. Los médicos no podían ofrecerle ninguna esperanza, y su vida estaba marcada por la incertidumbre y el sufrimiento. Sin embargo, Dios tenía un propósito especial para ella que cambiaría su vida para siempre.

Un día celebrábamos un servicio alegre. El ambiente vibraba con la alabanza y la adoración mientras yo tocaba el piano y cantaba, porque en ese tiempo no teníamos músicos. Yo predicaba y ministraba la alabanza. Había un ambiente glorioso: la gente cantaba, unos lloraban. Josefina, apoyada en su silla, comenzó a unirse en la alabanza y, con una fe y un gozo que superaba cualquier adversidad, comenzó a saltar. La presencia de Dios llenó ese lugar, y la experiencia de un milagro se sentía en el aire.

Cuando llegó el momento de la oración, Josefina comenzó a temblar y, de repente, comenzó a vomiter cosas pestilentes de su boca. La congregación extendió sus manos hacia ella, invocando al Espíritu Santo para que Dios se glorificara en ella. Dos hermanos la ayudaron a estar de pie, pero era horripilante la pestilencia que salía de su boca. Fue en ese momento donde ocurrió algo extraordinario:

un grito de liberación surgió de lo más profundo de Josefina, vomitando unas sustancias amarillentas y pestilentes. Parecía que su cuerpo estaba siendo purificado de algo maligno que había atormentado su vida por décadas. La congregación miraba con asombro y daba gracias a Dios, pero nadie dudaba que algo extraordinario estaba sucediendo.

Cuando los vómitos cesaron, Josefina se puso de pie, con lágrimas de gratitud en sus ojos. Su rostro estaba iluminado por una sonrisa que irradiaba alegría y alivio. Había sido liberada de 24 años de padecer ataques epilépticos por el poder de Dios.

A partir de ese momento, Josefina vivió una vida completamente libre de las cadenas de la epilepsia que la habían atormentado durante tanto tiempo.

El testimonio de Josefina se convirtió en una fuente de inspiración para todos los que habían sido testigos de su milagro, afirmando así que, aun cuando la medicina no tiene respuesta, la fe y el poder de Dios pueden obrar milagros superando cualquier explicación. Su vida se convirtió en un faro de esperanza para aquellos que enfrentan desafíos aparentemente insuperables.

LA REALIDAD DE LOS DEMONIOS EN LA GENTE

A lo largo de la historia, la existencia de fuerzas espirituales oscuras ha sido objeto de debates y controversias. Sin embargo, para aquellos que han sido testigos de los estragos causados por la influencia demoníaca en la vida de las personas o en sus propias vidas, no hay duda de su realidad.

Enseñanzas milenarias y la propia vida de Jesucristo nos muestran que la lucha contra los demonios es una realidad que no debe subestimarse. Jesús, durante su ministerio terrenal, se encontró con numerosos casos de personas oprimidas y poseídas por espíritus malignos. Estos encuentros se convirtieron en ejemplos reales de la batalla entre el bien y el mal, entre la luz y las tinieblas.

Los demonios son seres espirituales malévolos que buscan sembrar caos y destrucción en la vida de las personas. Pueden manifestarse de diferentes maneras: a través de adicciones que consumen la vida, de enfermedades inexplicables, pobrezas que mantienen a las personas atrapadas en la desesperación, inmoralidad que corrompe las almas y en guerras que provocan la muerte.

A lo largo de los siglos, las diferentes tradiciones religiosas han tenido sus propias formas de exorcismo y de tratar con los demonios. Sin embargo, la enseñanza central de Jesucristo es el poder de la fe y la autoridad de su nombre.

Jesús en repetidas ocasiones expulsó a los demonios con una palabra, restaurando la salud y la cordura de aquellos que habían sido atormentados.

Hoy en día, a pesar del avance de la ciencia, las personas siguen experimentando la influencia demoníaca en sus vidas. Y a pesar de la vasta enseñanza que encontramos en la Biblia referente a los demonios y sus operaciones, mucha gente sigue ignorante sobre este tema.

Este capítulo nos recuerda que, aunque la influencia demoníaca puede ser una realidad perturbadora, la esperanza y la liberación son posibles a través de la fe en Jesucristo.

La lucha contra el mal sigue siendo una de nuestras experiencias humanas, pero el poder del nombre de nuestro Señor Jesucristo nos da la seguridad de que tenemos dominio sobre cualquier demonio y nada nos dañará.

Luk 10:19 He aquí os doy potestad de hollar serpientes y escorpiones, y sobre toda fuerza del enemigo, y nada os dañará.

Mar 16:17 Y estas señales seguirán a los que creen: En mi nombre echarán fuera demonios; hablarán nuevas lenguas;

La seguridad de expulsar demonios con el poder de Dios es un don divino que se nos ha confiado. Es por eso que a lo largo de la historia vemos constantemente gente poseída por demonios y siendo liberada por el poder de Dios.

El poder de Dios que se nos ha sido transferido para echar fuera demonios es una Verdad espiritual que se encuentra en las enseñanzas de las Sagradas Escrituras. Descubrir la presencia de demonios es una tarea que requiere discernimiento espiritual y conocimiento. Ellos tienden a esconderse en las partes más oscuras de la mente y del cuerpo, a tal grado que le llaman al cuerpo del ser humano "mi casa".

La oración y el ayuno son las herramientas esenciales y poderosas para fortalecer nuestra relación con Dios y aumentar nuestra autoridad sobre los demonios.

Es esencial recordar que el poder de Dios es un regalo que se nos ha sido otorgado para el bien de la humanidad, y no para una cuestión de orgullo.

La seguridad del poder de Dios para expulsar demonios es una manifestación de su amor inquebrantable por la humanidad.

Este capítulo nos recuerda que el poder que Dios nos ha dado de echar fuera demonios y sanar enfermos es un don que debemos usar con responsabilidad y humildad para traer luz y liberación a un mundo necesitado.

Luk 4:18 El Espíritu del Señor está sobre mí, Por cuanto me ha ungido para dar buenas nuevas a los pobres; Me ha enviado a sanar a los quebrantados de corazón;

A pregonar libertad a los cautivos, Y vista a los ciegos; A poner en libertad a los oprimidos;

Luk 4:19 A predicar el año agradable del Señor.

LIBERACIÓN Y SANIDAD POR TELÉFONO

Era un verano del 2023. En la iglesia acostumbrábamos hacer un fin de semana de camping general, y solíamos ir toda la congregación a un lago. Llegamos ese día al lugar del campamento, nos instalamos y nos divertimos en la tarde. Luego, en la noche, cada quien en su casa de campamento. Recuerdo que fue una noche muy especial; la estábamos pasando muy bien haciendo juegos, cantando con la guitarra rodeando una fogata. Luego, cansados, dispusimos dormir todos, y nos acostamos tan cansados porque las actividades fueron muy agitadas. Al otro día por la mañana, aún estando acostado en mi casa de campaña, escuchamos los gritos de una joven miembra de la congregación, llorando con un lamento incontrolable. Llegó a buscarnos a donde estábamos con mi esposa. Era triste ver el lamento de esta joven que entre lágrimas decía: "Dios, ayúdame, ten misericordia". Entendimos que algo grave le pasaba, y cuando le preguntamos por qué lloraba, entre un llanto triste susurrando nos logró decir que su mamá estaba agonizando en una clínica en el país de Honduras.

Era ya el tercer diagnóstico que los médicos le daban en tres diferentes clínicas, y que solo le quedaban horas de vida. Ella estaba en línea hablando con la tía que la cuidaba en ese momento en la clínica en Honduras, viéndola agonizar. Entonces, después que me contó la situación, me dio el teléfono y pedí hablar con la mamá a ver si aún me podía escuchar. Entre palabras forzadas y una tos de agonía, podía escuchar su pecho ya con dificultades para respirar. Sin hablar mucho, le pregunté si ella creía en Dios y en su hijo Jesucristo, y ella me dijo que sí. Entonces le pedí que repitiera una breve oración conmigo. Ella estaba en una clínica en Honduras y nosotros en la orilla de un lago en Bakersfield, California, en los Estados Unidos, en una mañana de campamento de verano. Cuando terminó de orar, le ordené al espíritu de enfermedad en el nombre de Jesucristo que la dejara en paz y que se largara, porque pude sentir que su enfermedad era de carácter espiritual. Mientras yo oraba, ella comenzó a respirar fuerte, y le dije por teléfono: "Yo te declaro sana y libre en el nombre de Jesús".

A los minutos volvieron a llamar desde la clínica para informarnos que después de la oración, esta persona pidió ir al baño y echó unas cosas pestilentes y comenzó a sudar, y ya pidió de comer.

Dos días después llamó que los doctores que la habían desahuciado, ahora le habían ordenado que se fuera para su casa porque ellos no se explicaban, pero que la enfermedad había desaparecido y que ya no había razón para que ella siguiera en la clínica. Y Dios la sanó, y fue una gran experiencia del poder de Dios, cómo una persona puede ser sana y libre por medio de una llamada telefónica.

Jer 23:23 ¿Soy yo Dios de cerca solamente, dice Jehová, y no Dios desde muy lejos?

LIBERACIÓN DE UN HOMOSEXUAL

Félix, un amigo y miembro de la congregación, un día llegó un poco preocupado y, llamándome aparte, me dijo: "Fíjese que tengo un amigo que es homosexual, el cual está transformado en una mujer, pero está triste y desesperado porque fue diagnosticado con cáncer terminal y con VIH.

Él me pidió ayuda pero yo no sé cómo ayudarlo", me dijo Félix con su rostro preocupado. Entonces le dije que me hiciera una cita con él, y nos reuniéramos en un restaurante en el centro de Los Ángeles, California. Entonces él, con una cara de esperanza, se fue contento, y al siguiente día nos citamos en el restaurante: Félix y la persona a quien vamos a llamar José.

Cuando la vi llegar (porque lo que yo vi era una mujer hermosa, rubia, muy elegante, como una persona de clase social), la saludé y nos sentamos y ordenamos un café. Yo podía ver el rostro de Félix muy nervioso, porque no sabía ni qué iba a pasar. Y José me habló de su situación y angustia, y que ya no deseaba vivir, de su desesperación, y de cómo su vida había caído hasta lo más bajo. Se hizo implantes de pechos, y había sido esposa de un millonario en el estado de Las Vegas, Nevada, por un tiempo. Y ahora el cáncer lo estaba consumiendo, y el VIH hacía más complicada su situación. Sus amigos y amigas lo habían abandonado, estaba solo en la vida sin familia porque su padre y algunos de su familia se avergonzaban de él. Me contó cómo él había buscado ayuda por años en la iglesia católica con los sacerdotes, pero convencido de que no podían hacer nada, siguió en el vicio del alcohol y las drogas.

Era triste el cuadro de su situación, y conmovido yo por su sufrimiento, le hablé del amor de Cristo por él, y que le diera una oportunidad en su vida al amor de Dios por medio de Jesucristo. Y recuerdo que esa mañana le entregó su vida al Señor Jesucristo en el restaurante.

Terminamos la plática. Yo pude ver cómo su rostro cambió de una manera increíble y lo invite para el día siguiente a nuestra congregación.

Al día siguiente, nuestro servicio comienza a las 7:00 pm. Mi sorpresa fue que aquella señorita que había visto un día antes vestida como toda una dama, ese día lo veo llegar con el pelo corto, pintado de negro, con pantalón y saco, vestido como todo un caballero.

Yo ya había hablado con la iglesia para recibirlo con amor, y que no lo juzgaran por su forma de vestir, pensando que llegaría vestida igual como señorita. Pero mi sorpresa fue que vi entrar a la iglesia a un joven muy bien vestido y muy elegante. Entonces ahí pude entender que Dios había comenzado a obrar en su vida.

Como iglesia, la congregación le dio la bienvenida con abrazos, saludos y felicitaciones, y comenzó a perseverar muy contento. Pero había un problema, y era que como tenía implantes de pechos, se le notaban cuando se vestía con saco de hombre. Entonces en la iglesia decidimos ayudarle económicamente para poderse hacer una cirugía, pues él me había dicho que quería quitarse los implantes porque ahora le daba vergüenza. Fue cuando la iglesia, muy contenta por ver el cambio de su concepto de vida, comenzamos a hacer ventas de comida, tamales y actividades sociales para reunir tres mil quinientos dólares, y fue así como se le reunió el dinero para pagarle la cirugía.

Llegó el día de la cirugía y todos orando muy alegres para que todo fuera un éxito, y Dios se glorificó porque la cirugía fue un éxito.

Fue así como José, ahora ya transformado físicamente, comenzó a vivir una vida físicamente diferente, pero también comenzó una lucha de ataques espirituales, porque él me contaba que en las noches escuchaba voces que le decían que él no iba a cambiar, porque la voz le decía: "Tú eres mío y siempre serás mío". Y eso era siempre en sus primeros días, y tenía pesadillas o sueños donde él soñaba teniendo relaciones sexuales con hombres todavía en los sueños.

EL DÍA DE SU LIBERACIÓN

Un día dispuse ministrarle una oración de liberación en el nombre de Jesucristo, y recuerdo que fue una noche de vigilia, y acompañado de algunos hermanos oramos por él. Cuando le ordené al espíritu de homosexualismo que se fuera de él, entonces se manifestó aquel espíritu en el cuerpo de José, y se revolcaba en el suelo, y una voz con la que hablaba espeluznante que decía: "Yo no me voy a ir de él porque él es mío, a mí me lo entregaron", decía el demonio. Luego, cuando le pregunté cómo había entrado en él y por qué, entonces el demonio habló con esa voz espeluznante diciendo: "A mí me pagó su tía María, para que entrara en él por medio de un brujo, y entré en él cuando estaba en el vientre de su mamá antes de nacer, y tengo 37 años de vivir en él y lo voy a destruir porque para eso me pagaron". Eso decía el demonio. Entonces le ordené que se fuera de él en el nombre de Jesús, y pegando un grito muy fuerte y estremeciendo los brazos y echando espumarajos por la boca, se fue el demonio y quedó libre.

Y cuando se levantó ya en sus cinco sentidos, le pregunté quién era María, y él me dijo que era una tía suya a la cual su mamá le había quitado el novio haciéndose novia del papá de José, y en venganza, la tía María, hermana de su mamá, había jurado destruir la vida del bebé cuando se enteró que estaba embarazada.

Es así como pudimos ver y confirmar que el homosexualismo es un demonio de mujer que se apodera de un hombre por varios factores que suelen darle derecho legal a los demonios.

Por ejemplo, cuando un niño es abusado sexualmente o una niña es abusada sexualmente, en su mayoría terminan siendo lesbianas, porque un demonio de hombre tomó derecho sobre la niña.

Otros factores es por medio de una hechicería, como en el caso de José, el cual fue impuesto por medio de un hechizo.

También otra manera en que un demonio, ya sea de homosexualismo o lesbianismo, puede entrar en una persona, es por tener sexo hombre con hombre o mujer con mujer.

Después de algunos años vimos a José predicando en las radios y la televisión testificando cómo Dios lo había liberado del homosexualismo.

LIBERACIÓN DE UNA CASA EMBRUJADA

Era un día muy soleado. Solíamos ir a un lugar llamado Victorville en California, con mi esposa a visitar una familia cristiana que había comprado casa nueva en ese lugar. Y de regreso a Los Ángeles, como a eso de las tres de la tarde, veníamos manejando rumbo a la ciudad de Los Ángeles, cuando me entró una llamada a mi celular y al contestar escuché una voz de un hombre el cual se identificó conmigo y me dijo con una voz muy asustada: "Señor pastor Julio, perdone que lo moleste pero alguien me dio su número, y le llamo para que me ayude". Entonces yo le pregunté por qué se escuchaba tan angustiado, y me dijo que tenía ya tres meses de no poder dormir con su esposa y su niño, porque en su casa estaban pasando cosas muy horribles y que por favor fuera a su casa a visitarlo ese día en la noche.

Entonces, viendo su angustia, decidimos con mi esposa ir esa misma noche. Al llegar a casa, pasar a visitarlo. Me dio su dirección y efectivamente llegamos. Nos estaban esperando él con su esposa. Nos sentamos y temblando de un gran miedo comenzaron a contarme que una noche, de repente, la TV se apagaba y se encendía, o de repente se cambiaban los canales. Al principio ellos pensaron que era un desperfecto de la TV, o hasta llegaron a pensar que eran cucarachas que se habían introducido dentro de la TV.

Pero a los días ya no solo era la TV, sino que también las luces: las apagaban y las encendían. A los días comenzaron a flushar el toilet, como si alguien lo estaba usando, y lo raro era que en la noche se intensificaban las cosas. Se comenzaron a escuchar pasos como que alguien caminaba cuando ellos se acostaban.

Un día les apagaron la luz y ellos sentían que les metían un hisopo en los oídos, y cada día se intensificaba más las cosas al extremo que les jalaban las sábanas y se oían voces. Llegó el momento donde en la noche se aparecía una mujer vestida de blanco con el rostro cubierto con el cabello y como que hipnotizaba a la esposa, la levantaba y la sacaba del dormitorio y la llevaba hasta la puerta a punto de tirarla del balcón del segundo nivel, y ahí desaparecía la mujer. Cuando ella volvía en sí, entonces el miedo se apoderaba de ellos y pasaban las noches en vela despiertos porque tenían gran miedo de dormir. Tres meses de vivir ese tormento.

Cuando yo les pregunté si habían sido cristianos, ellos dijeron que sí, pero que estaban alejados de los caminos de Dios. Pero desde que se pasaron a vivir a esa casa comenzaron a sufrir ese tormento. Entonces les hablé del poder de Cristo para echar fuera demonios, y de la necesidad de volver a los caminos de Dios. Fue el momento donde ellos de rodillas se entregaron a Cristo y recuerdo que tomé aceite en mis manos y oré por cada puerta y por cada pared de aquel lugar y le ordené al demonio que estaba ahí que se largara de ese lugar y nunca más regresara, en el nombre de Jesucristo. Y desde ese día esa familia pudo dormir tranquilamente porque Jesús dijo: "En mi nombre echarán fuera demonios".

Una casa puede ser poseída por algún demonio o demonios, porque ahí pudo vivir alguien que fue hechicero o alguien que hacía anteriormente en esa vivienda invocaciones demoníacas, o algunas veces personas que mueren o matan. Entonces los demonios que se encargaron de matarlo quedan vagando y muchas veces toman derecho de algún lugar buscando provocar miedo en alguien y así poder entrar a morar en su siguiente víctima.

Cabe señalar que el miedo es un factor que los demonios ven como una puerta amplia para entrar en cualquier persona.

Un espíritu de miedo puede entrar por un momento de agonía donde una persona puede verse entre la vida y la muerte. Ese momento que para cualquiera es terrible causa un miedo exagerado, el cual se puede convertir en una puerta para ser poseído por un demonio.

Una casa también puede ser poseída por alguna pertenencia de valor dedicada a algún demonio, o por guardar imágenes de idolatría como imágenes de San Simón, imágenes de la Santa Muerte, imágenes diabólicas, por guardar libros satánicos pactados con el diablo, por hacer rituales como fumar el puro, tirar o leer las cartas, jugar la ouija, por guardar cenizas de muertos, etc.

Por eso es recomendable antes de mudarse a una casa nueva, indagar quién vivía en esa casa antes o quiénes van a ser los vecinos, y santificar el lugar con una oración de dedicación a Dios en el lugar donde vamos a vivir.

LIBERADO DE UN ESPÍRITU DE MIEDO

Joel era un joven de unos 30 años de edad, muy bien desarrollado, grande, casado, hijo de doña Ana, los cuales vivían en Hesperia, California.

Un día, Ana, su mamá, estaba en una fiesta en la ciudad de Los Ángeles, y ahí conoció a una hermana de la congregación llamada Rutilia. Mientras comían y platicaban, Ana le comenzó a contar a la hermana Rutilia que su hijo Joel estaba en una horrible depresión a causa de un fuerte y extraño miedo que se había apoderado de él, a tal grado que no podía ir al baño solo. Él necesitaba que alguien estuviera con él, tampoco podía quedarse solo en casa, y tenía que dormir con las luces encendidas. Él escuchaba voces y miraba sombras que lo acosaban, y eso era todos los días. Entonces la hermana Rutilia le platicó de nuestro ministerio y le dio mi número de teléfono. Al día siguiente me llamó Ana y muy preocupada me platicó muy poco de lo que estaba pasando en su casa con su familia y con su hijo. Entonces me suplicó que fuéramos a su casa y agendamos una visita en esos precisos días.

Cuando llegamos a su casa estaba toda la familia esperándome. Nos reunimos en la sala y comenzamos a platicar y me comenzaron a contar con más detalles la situación. Era que desde hace algunos meses a Joel se había apoderado un miedo inexplicable y lo atormentaba, porque no lo dejaba trabajar, y luego con una familia que sostener económicamente.

Era tanto el temor que no quería salir de su cuarto. Luego les pedí que lo llevaran a la sala de su casa donde estábamos reunidos, porque Joel no quería salir de su cuarto. Y después de tanto llamarlo, al fin lograron que saliera. Cuando lo vi, al ver su mirada como con los ojos llenos de terror, pude discernir que su problema era espiritual. Se sentó cerca de mí y comencé a preguntarle cuánto tiempo llevaba así con ese miedo. Él estaba hablando conmigo y de repente miraba para afuera como queriendo levantarse y salir corriendo. Era triste el cuadro. Entonces cuando le pregunté cuánto tiempo tenía así, él me contó que un día, hacía algunos meses, se fue de pesca en un barco con sus amigos al mar. Estando en alta mar muy adentro, les agarró una tormenta y el barco naufragó. Ellos se quedaron a la deriva sostenidos de los bordes del barco que flotaba. Entonces fue ahí donde él sintió la muerte porque estaba seguro que morirían ahí. Fue un momento de un pánico terrible que se apoderó de mí, cuenta Joel. Yo sabía que eran mis últimos minutos de vida, y que nunca más miraría a mi familia. Entonces me contó que cuando él comenzó a sentir la agonía de la muerte por el frío del agua, ya que las aguas de California son extremadamente frías, cuando de repente llegó el guardacostas y los rescatistas lograron salvarlos y rescatarlos con vida.

Fue que a partir de ahí, dice Joel, algo entró en mí y desde entonces no pienso más en que me voy a morir. Y comenzó a llorar y decía: "Tengo tanto miedo que no puedo estar solo".

La madre, quien era Ana, ya había orado por él y otras personas ya habían orado por él y las cosas cada día eran peor.

Ese día yo le dije: "Voy a orar por ti y te voy a ministrar liberación porque por lo que me cuentas", le dije a Joel, "estoy seguro que es un espíritu de miedo que se apoderó de ti".

Él estuvo de acuerdo y la familia también. Entonces les pedí si podía orar por él en su cuarto donde dormía, y me llevaron a su cuarto, porque no acostumbro orar en público por la gente cuando se ministra liberación, ya que los demonios les gusta muchas veces el show, y hay gente que se aterroriza al ver estas cosas. Una persona con miedo puede ser vulnerable a que el espíritu que se está echando fuera se le pueda meter a la persona con miedo.

Entramos al cuarto y entró Ana, la madre de Joel, y comenzamos a orar con mi esposa por Joel. Cuando le ordené al demonio de miedo que se manifestara y se fuera en el nombre de Jesús, Ana, la mamá de Joel que estaba a mi lado, pegó un salto y fue la primera que cayó endemoniada, poseída por un demonio. Joel cayó sentado en la cama y ahora teníamos a la mamá y al hijo endemoniados. Entonces le dije a mi esposa que orara por Ana y yo oré por Joel en el nombre de nuestro Señor Jesucristo. Sacudiéndolo con violencia, lo dejó como desmayado y fue libre. Atrás de mí, estaba mi esposa liberando a Ana, quien también estaba poseída por un espíritu inmundo del cual fue libre en ese mismo momento. De esta manera quedaron ambos libres de los demonios que los venían atormentando, en el nombre de Jesucristo.

Ahí aprendí que hay demonios que se esconden en las personas, que ni las personas mismas no saben que pueden estar lidiando con un demonio en sus vidas, y la gente lo toma como algo normal, ya sea un espíritu de enfermedad, de maldición generacional, o de cualquier otra índole.

Cuando el reino de Dios se manifiesta, entonces los demonios salen por el poder de Dios.

Cuando Jesús entró en una sinagoga, había ahí una mujer endemoniada que tenía 18 años de vivir en ella, y nadie se daba cuenta. Ni la misma persona sabía que su enfermedad era un demonio de enfermedad que vivía en ella hasta que entró Jesús. El demonio se manifestó y habló, y Jesús lo expulsó y quedó libre y sana. Los rabinos se preguntaban: "¿Qué doctrina es esta que aun los demonios se sujetan a su nombre?"

Un miedo excesivo o una depresión severa, en su mayoría son demonios que atormentan.

LIBERACIÓN DE UN ESPÍRITU DE DOLOR

Recuerdo que era una tarde familiar donde celebrábamos una carne asada en casa de Andrés, un hermano de la congregación. Estábamos muy alegres comenzando a poner la carne en la parrilla.

Teníamos como una hora de estar ahí muy sonrientes. Eran como a las cinco de la tarde, una tarde muy hermosa de esas tardes de verano cuando aquí en California se ponen los días hermosos, porque no hay calor ni frío, y uno puede disfrutar de una tarde de patio y de carne asada. Todos muy felices cuando de repente entró una llamada al teléfono de Andrés. Yo solo pude ver cómo el rostro de Andrés cambió preocupado por alguna noticia, y escuché que dijo Andrés a la persona con quien hablaba: "Aquí está conmigo un pastor, si quieres vamos a tu casa y oramos por ella". Dijo Andrés y pude darme cuenta que la persona estuvo de acuerdo. Entonces me contó Andrés que la esposa de un su amigo, que era prima de la esposa de Andrés, estaba gritando de un dolor en su espalda, terriblemente mal, y que ya la había llevado dos veces al hospital pero en el hospital no le encontraban nada. Entonces él me hizo la invitación para acompañarlo en ese momento, y nos tocó guardar la carne, apagar el fuego, suspender el guacamole y los cebollines, y partimos rumbo a la casa de su amigo, Héctor.

Cuando llegamos nos salió a encontrar Héctor. Nos pasó adelante y podía verle la cara de preocupación y aflicción que tenía. Cuando entramos vimos a su esposa, Silvia, tirada en un sofá lidiando con un gran dolor que con nada podía controlar en la parte de atrás de la cadera y su espalda.

Cuando la vi y me contó que en el hospital no le hallaron nada, entonces entendí que el dolor pudiera ser provocado por algún demonio o espíritu de enfermedad.

Fue cuando entonces les pregunté si creían en Dios, y él me dijo: "Sí, y en la virgen también". Y de hecho en la cabecera donde estaba recostada Silvia, lidiando con el terrible dolor, ellos habían puesto una imagen de la virgen de Guadalupe. Entonces les dije si querían aceptar a Jesucristo como Salvador, y que Dios podía hacer un milagro. Ellos, más motivados por la necesidad que por la fe, aceptaron a Jesús como Salvador en ese momento. Luego recuerdo que les dije que les iba a ministrar liberación a ella, y recuerdo que mi hijo Melvin andaba con nosotros esa tarde y había también una prima de Silvia y su hermana Sonia. Entonces yo les dije que se metieran todos en un cuarto aparte y que oraran y yo iba a orar por la hermana Silvia. Recuerdo que Andrés, que nunca había visto una liberación, solo vi que se volteó la gorra que andaba, y agarró la Biblia. Entonces le dije a mi esposa que removiera unos limones partidos en cruz que le habían puesto en su cuerpo a Silvia antes que nosotros llegáramos, porque hay gente que quizás ha escuchado cosas sobre amuletos que tienen poderes, aunque sabemos que todo eso es una mentira. El asunto es que así la encontramos con sus limones partidos en cruz. Entonces removimos los limones, y le dije a Héctor y a Silvia, la cual pegaba unos bramidos del dolor que daba compasión, peor que dolores de parto: "Voy a orar por ella y le voy a ministrar liberación". Y cuando comencé a leer el Salmo 91 antes de comenzar a orar, el espíritu se manifestó y le ordené que se largara de su cuerpo y en seguida pegó un grito destemplado, y se quedó como desmayada pero en ese momento el dolor se le quitó, y pudimos entender que era un demonio de dolor que se había apoderado de su cuerpo.

Y fue sana en ese momento. Luego comenzaron a asistir a la iglesia y se bautizaron y ahora tienen una muy linda familia con dos lindos hijos, porque otro milagro que recibió es que no podía tener hijos y Dios le permitió tener dos. Y hoy los vemos vivir una vida llena de bendiciones. Un espíritu de dolor puede ser en su mayoría impuesto por un hechizo o por un pecado generacional.

TALLER DE LIBERACIÓN

Introducción al Curso y Catálogo de Estudio

Vivimos tiempos en los que la opresión espiritual, el tormento mental y la esclavitud del alma han alcanzado niveles alarmantes. Muchas personas dentro y fuera de la iglesia están atadas, confundidas o estancadas espiritualmente, y no encuentran libertad a pesar de estar activamente en la vida cristiana. Ante esta realidad, nace este Taller de Liberación, como una herramienta poderosa y bíblica para equipar al creyente con el conocimiento, el discernimiento y la autoridad que Jesús nos dio.

¿Cuál es el objetivo de este curso?

El objetivo principal es formar, capacitar y activar a hombres y mujeres de Dios en el ministerio de liberación espiritual, para que puedan identificar, enfrentar y expulsar toda obra demoníaca que oprime a las personas. Queremos llevar al creyente de la ignorancia a la luz, de la pasividad a la acción, y del temor a la autoridad.

¿Por qué es necesario este curso?

Porque la liberación no es una opción, es una necesidad. Jesús mismo dijo: "Y estas señales seguirán a los que creen: en mi nombre echarán fuera demonios..." (Marcos 16:17). La Iglesia ha sido equipada con poder, pero muchas veces por falta de enseñanza o por temor, no se ejerce. Este taller busca restaurar esa parte esencial del ministerio de Cristo, devolviéndola a su lugar dentro del cuerpo de Cristo: la liberación de los cautivos (Lucas 4:18).

¿Qué se estudiará en este taller?

Este curso está dividido en módulos prácticos y bíblicos, donde se enseñará:

- Fundamentos bíblicos del ministerio de liberación
- Cómo identificar la opresión, posesión y ataduras demoníacas
- Puertas abiertas al enemigo: causas y consecuencias
- La autoridad del creyente y el uso del nombre de Jesús
- Técnicas y protocolos de ministración
- Discernimiento espiritual y manifestaciones demoníacas
- Liberación interior y sanidad del alma
- Cómo cerrar puertas y mantener la libertad

¿QUIÉNES SON LOS DEMONIOS? SU ORIGEN, ORGANIZACIÓN, OBJETIVOS Y ESTRATEGIAS SEGÚN LA BIBLIA

1. ¿QUIÉNES SON LOS DEMONIOS Y CUÁL ES SU ORIGEN?

Definición bíblica:

Los demonios son **espíritus inmundos**, seres espirituales malignos que actúan en oposición a

Dios y buscan la destrucción del ser humano.

Base bíblica:

- Mateo 12:43: "Cuando el espíritu inmundo sale del hombre..."
- Apocalipsis 12:9: "Y fue lanzado fuera el gran dragón... y sus ángeles fueron arrojados con él."

Origen:

- Fueron **ángeles caídos** que se rebelaron junto con Satanás (Apocalipsis 12:4).
- Algunos estudiosos creen que los demonios también pueden incluir **espíritus de los igantes (Nefilim)** destruidos en el diluvio (Génesis 6:1-4), aunque esta teoría es debatida.

2. ¿CÓMO ESTÁN ORGANIZADOS?

Organización infernal:

Satanás dirige un reino bien estructurado. No hay caos, sino jerarquías espirituales malignas.

Base bíblica:

- Efesios 6:12: "No tenemos lucha contra sangre y carne, sino contra principados, contra potestades, contra los gobernadores de las tinieblas de este siglo..."

Niveles jerárquicos:

- **Satanás:** El líder de todo mal (Job 1:6-12, Mateo 4:1-11).
- **Principados:** Espíritus territoriales que dominan regiones o naciones (Daniel 10:13).
- **Potestades:** Entidades con poder sobre sistemas y estructuras humanas.
- **Huestes espirituales de maldad**: Demonios activos en ambientes invisibles, incitando pecado, enfermedad, opresión y confusión.

3. ¿CUÁLES SON SUS OBJETIVOS?

Objetivos principales:

- Oponerse a Dios y su Reino (2 Corintios 4:4)
- Destruir la vida del ser humano (Juan 10:10)
- Desviar, tentar, engañar y oprimir al creyente

Base bíblica:

- **Juan 10:10:** "El ladrón no viene sino para hurtar, matar y destruir..."
- **2 Corintios 11:14:** "Y no es maravilla, porque el mismo Satanás se disfraza como ángel de luz."

4. ¿CUÁLES SON SUS ESTRATEGIAS Y ARTIMAÑAS?

Tácticas comunes del enemigo:

- Engaño doctrinal (1 Timoteo 4:1)
- Tentación (Mateo 4:1-11)
- Influencia mental o emocional (2 Corintios 10:4-5)
- División (1 Corintios 1:10-13)
- Oposición a la oración y al ayuno (Daniel 10:12-13)

Base bíblica:

- Efesios 6:11: "Vestíos de toda la armadura de Dios, para que podáis estar firmes contra las asechanzas del diablo."

5. ¿QUÉ EFECTOS PRODUCEN EN UN SER HUMANO?

Efectos observables:

- Posesión (cuando el demonio toma control del cuerpo - Marcos 5:1-20)
- Opresión (cuando atacan externamente - Hechos 10:38)
- Enfermedades (Lucas 13:11-16)
- Locura o perturbación mental (Marcos 9:17-29)
- Mudez, ceguera, sordera espiritual o literal (Mateo 12:22)

6. ¿CÓMO SE MANIFIESTAN LOS DEMONIOS EN LAS PERSONAS?
- Manifestaciones comunes:
- Cambios bruscos de voz o personalidad
- Fuerza sobrehumana (Marcos 5:3-4)
- Espuma en la boca, convulsiones (Marcos 9:18)

- Desnudez, automutilación, aislamiento (Lucas 8:27)

Ejemplo bíblico:

- **El gadareno:** Vivía entre sepulcros, se hería con piedras, tenía fuerza sobrenatural y gritaba (Marcos 5:1-15).

7. ¿CÓMO IDENTIFICAR SI UNA PERSONA ESTÁ BAJO INFLUENCIA DEMONÍACA?

Señales claras:

1. Rechazo fuerte hacia la oración, Biblia o lo espiritual
2. Conductas autodestructivas repetitivas
3. Presencia de voces internas o pensamientos compulsivos
4. Manifestaciones físicas al mencionar el nombre de Jesús
5. Sueños demoníacos o tormentos nocturnos
6. Frialdad espiritual persistente
7. Oposición o resistencia durante la ministración

Discernimiento bíblico:

- **1 Juan 4:1:** "Amados, no creáis a todo espíritu, sino probad los espíritus si son de Dios..."
- **Hechos 16:16-18:** Pablo identificó a una joven con espíritu de adivinación, aunque parecía decir lo correcto.

CAPÍTULO 1: ¿QUÉ ES UN DEMONIO? SU ORIGEN, OBJETIVOS Y JERARQUÍA

I.   ¿QUÉ ES UN DEMONIO Y CUÁL ES SU ORIGEN?

Definición:

Un demonio es un **espíritu inmundo**, maligno y sin cuerpo, que opera bajo la autoridad de Satanás para oprimir, engañar y destruir al ser humano. No son humanos muertos, ni fantasmas, sino ángeles caídos o entidades espirituales rebeldes que perdieron su posición celestial.

Texto bíblico completo – Mateo 12:43-45:

"Cuando el espíritu inmundo sale del hombre, anda por lugares secos, buscando reposo, y no lo halla.

Entonces dice: Volveré a mi casa de donde salí; y cuando llega, la halla desocupada, barrida y adornada.

Entonces va, y toma consigo otros siete espíritus peores que él, y entrados, moran allí; y el postrer estado de aquel hombre viene a ser peor que el primero.

Así también acontecerá a esta mala generación."

Este texto nos revela que:

- Los demonios pueden habitar en seres humanos.
- Son entidades que buscan un "lugar donde habitar".
- Operan en grupo.
- Pueden dejar a una persona y regresar con refuerzos.

Origen bíblico – Apocalipsis 12:7-9:

"Después hubo una gran batalla en el cielo: Miguel y sus ángeles luchaban contra el dragón; y luchaban el dragón y sus ángeles;

pero no prevalecieron, ni se halló ya lugar para ellos en el cielo.

Y fue lanzado fuera el gran dragón, la serpiente antigua, que se llama diablo y Satanás, el cual engaña al mundo entero; fue arrojado a la tierra, y sus ángeles fueron arrojados con él."

Aquí entendemos que los demonios:

- Son los ángeles que **cayeron con Satanás** en su rebelión contra Dios.
- Fueron expulsados del cielo.
- Siguen bajo la influencia directa del diablo.

Historia bíblica dramatizada: La Caída de Luzbel

Imagina los cielos vibrando de gloria... coros celestiales, ángeles ejecutando misiones santas...Pero en medio de esa armonía, un ángel resplandeciente llamado Luzbel, lleno de sabiduría y belleza, comenzó a envanecerse en su corazón.

Ezequiel 28:17:

"Se enalteció tu corazón a causa de tu hermosura, corrompiste tu sabiduría a causa de tu esplendor. Yo te arrojaré por tierra..."

Él no quiso adorar, quiso ser adorado.

Isaías 14:13-14 dice:

"Tú que decías en tu corazón: Subiré al cielo; en lo alto, junto a las estrellas de Dios, levantaré mi trono... subiré sobre las alturas de las nubes, y seré semejante al Altísimo."

Pero Dios lo derribó. Y un tercio de los ángeles lo siguieron en su rebelión.

II. ¿CUÁLES SON LOS OBJETIVOS DE LOS DEMONIOS?

Objetivo #1: Destruir al ser humano

Juan 10:10:

"El ladrón no viene sino para hurtar y matar y destruir; yo he venido para que tengan vida, y para que la tengan en abundancia."

Satanás y sus demonios solo tienen un propósito: **destruir** todo lo que Dios ama, empezando por ti.

Objetivo #2: Oprimir, enfermar y engañar

Hechos 10:38:

"Cómo Dios ungió con el Espíritu Santo y con poder a Jesús de Nazaret, y cómo éste anduvohaciendo bienes y sanando a todos los oprimidos por el diablo, porque Dios estaba con él."

La opresión no siempre es posesión. Muchos están siendo mental, emocional o físicamente oprimidos por demonios sin saberlo.

Objetivo #3: Apartar al hombre de la verdad

2 Corintios 4:4:

"En los cuales el dios de este siglo cegó el entendimiento de los incrédulos, para que no les resplandezca la luz del evangelio de la gloria de Cristo..."

El enemigo ciega, confunde, manipula e imita para desviar a las personas de la verdad.

III. ¿CÓMO ESTÁN ORGANIZADOS LOS DEMONIOS? SU JERARQUÍA

Dios tiene orden y autoridad, y Satanás también imitó esa estructura. Su reino está bien organizado.

Efesios 6:12:

"Porque no tenemos lucha contra sangre y carne, sino contra principados, contra potestades, contra los gobernadores de las tinieblas de este siglo, contra huestes espirituales de maldad en las regiones celestes."

Esta escritura revela **cuatro niveles jerárquicos**:

1. Principados:

Espíritus territoriales que dominan sobre regiones o culturas (Ej: el príncipe de Persia – Daniel 10:13).

2. Potestades:

Demonios con poder sobre estructuras de pecado (pornografía, drogadicción, corrupción).

3. Gobernadores de las tinieblas:

Demonios asignados a manipular el pensamiento colectivo (modas, ideologías, filosofías falsas).

4. Huestes espirituales de maldad:

Son los soldados espirituales, espíritus que atacan directamente a individuos.

Historia dramatizada: El príncipe de Persia (Daniel 10)

Daniel ayunó y oró durante 21 días sin recibir respuesta. Pero no era que Dios no lo había escuchado.

Daniel 10:12-13 dice:

"Entonces me dijo: Daniel, no temas, porque desde el primer día que dispusiste tu corazón a entender y a humillarte en la presencia de tu Dios, fueron oídas tus palabras... Mas el príncipe del reino de Persia se me opuso durante veintiún días; pero he aquí Miguel, uno de los principales príncipes, vino para ayudarme..."

¡La batalla estaba en el aire! Un demonio territorial bloqueaba la respuesta del cielo. Si eso sucedió con Daniel... ¿qué no puede estar bloqueando tu oración hoy?

CAPÍTULO 2: LAS ARTIMAÑAS Y ESTRATEGIAS DE LOS DEMONIOS

I. ENGAÑO: LA HERRAMIENTA FAVORITA DEL ENEMIGO

Satanás y sus demonios no siempre se presentan con cuernos o con manifestaciones violentas. Su principal estrategia es el engaño, especialmente espiritual y doctrinal.

2 Corintios 11:14-15:

"Y no es maravilla, porque el mismo Satanás se disfraza como ángel de luz. Así que, no es extraño si también sus ministros se disfrazan como ministros de justicia; cuyo fin será conforme a sus obras."

Esto quiere decir que:

- Satanás **finge ser bueno** para sembrar falsas doctrinas.
- Puede usar incluso **personas dentro de iglesias**, líderes o pastores desviados, para confundir.

1 Timoteo 4:1:

"Pero el Espíritu dice claramente que en los postreros tiempos algunos apostatarán de la fe, escuchando a espíritus engañadores y a doctrinas de demonios."

Las doctrinas de demonios:

- Niegan la divinidad de Cristo
- Promueven el libertinaje disfrazado de gracia

- Reemplazan el poder de Dios por humanismo, motivación o rituales vacíos

Historia dramatizada: La adivinadora de Filipos

En Hechos 16:16-18, Pablo enfrentó el espíritu de adivinación disfrazado de "ministerio profético":

"Aconteció que mientras íbamos a la oración, nos salió al encuentro una muchacha que tenía espíritu de adivinación, la cual daba gran ganancia a sus amos, adivinando. Esta, siguiendo a Pablo y a nosotros, daba voces, diciendo: Estos hombres son siervos del Dios Altísimo, quienes os anuncian el camino de salvación.

Y esto lo hacía por muchos días; mas desagradando a Pablo, éste se volvió y dijo al espíritu: ¡Te mando en el nombre de Jesucristo, que salgas de ella! Y salió en aquella misma hora."

Aplicación: Aunque decía palabras aparentemente correctas, el espíritu era demoníaco.

¡Discernimiento es clave!

II.   TENTACIÓN: ABRIR PUERTAS PARA DOMINAR

Los demonios tientan al ser humano para abrir una puerta legal en su alma. Toda caída empieza con una seducción.

Génesis 3:1-5:

"Pero la serpiente era astuta, más que todos los animales del campo que Jehová Dios había hecho; la cual dijo a la mujer: ¿Conque Dios os ha dicho: No comáis de todo árbol del huerto? Y la mujer respondió a la serpiente: Del fruto de los árboles del huerto podemos comer; pero del fruto del árbol que está en medio del huerto dijo Dios: No comeréis de él, ni le tocaréis, para que no muráis.

Entonces la serpiente dijo a la mujer: No moriréis; sino que sabe Dios que el día que comáis de él, serán abiertos vuestros ojos, y seréis como Dios, sabiendo el bien y el mal."

Análisis:

- El demonio sembró duda en la Palabra de Dios.
- Introdujo una tentación atractiva: ser como Dios.
- Luego vino la caída y la consecuencia: separación.

Dramatización breve: El "susurro" del enemigo

Imagina a un joven creyente, lleno de fe, pero cansado...

Una voz interior empieza a hablar:

— "¿De verdad crees que Dios te escucha?"

— "Solo una mirada no es pecado."

— "Dios sabe que lo necesitas, te va a entender..."

¡Así opera el enemigo! Primero minimiza el pecado, luego atrapa, y al final acusa (Apocalipsis 12:10).

III.   OPRESIÓN MENTAL Y EMOCIONAL

Los demonios también atacan la mente y las emociones, con pensamientos de muerte, ansiedad, depresión, culpabilidad y confusión.

2 Corintios 10:4-5:

"Porque las armas de nuestra milicia no son carnales, sino poderosas en Dios para la destrucción de fortalezas, derribando argumentos y toda altivez que se levanta contra el conocimiento de Dios, y llevando cautivo todo pensamiento a la obediencia a Cristo."

Una fortaleza mental es un patrón repetitivo de pensamiento que contradice a Dios. Ejemplo:

- "Nunca serás libre"
- "Ya pecaste, Dios no te va a perdonar"
- "Es mejor morir"

Ejemplo bíblico – Marcos 5:2-5:

"Y cuando salió él de la barca, enseguida vino a su encuentro, de los sepulcros, un hombre con espíritu inmundo, que tenía su morada en los sepulcros, y nadie podía atarle, ni aun con cadenas. Porque muchas veces había sido atado con grillos y cadenas, mas las cadenas habían sido hechas pedazos por él, y desmenuzados los grillos; y nadie le podía dominar. Y siempre, de día y de noche, andaba dando voces en los montes y en los sepulcros, e hiriéndose con piedras."

Este hombre estaba **mentalmente perturbado, aislado, autolesionándose**, gritando sin control. No era locura clínica: era **opresión demoníaca**.

IV.   BLOQUEAR LA ORACIÓN Y EL CRECIMIENTO ESPIRITUAL

Daniel 10:12-13:

"Entonces me dijo: Daniel, no temas, porque desde el primer día que dispusiste tu corazón a entender y a humillarte en la presencia de tu Dios, fueron oídas tus palabras; y a causa de tus palabras yo he venido.

Mas el príncipe del reino de Persia se me opuso durante veintiún días; pero he aquí Miguel, uno de los principales príncipes, vino para ayudarme..."

Esto revela que:

- Hay resistencia espiritual en los cielos
- No todo silencio de Dios es ausencia; puede haber una guerra espiritual impidiendo la respuesta
- ¡Persistencia en oración rompe bloqueos!

Los demonios **no actúan al azar**, tienen planes, métodos y astucia. Pero el creyente tiene herramientas poderosas en Cristo: discernimiento, autoridad y la Palabra.

"No ignoramos sus maquinaciones" — **2 Corintios 2:11**

CAPÍTULO 3: LAS SEÑALES Y MANIFESTACIONES DE LOS DEMONIOS

I. ¿CÓMO SE MANIFIESTAN LOS DEMONIOS EN LAS PERSONAS?

Los demonios, aunque son invisibles, dejan huellas visibles cuando habitan u oprimen a una persona. Jesús enfrentó muchas veces estas manifestaciones.

Marcos 9:17-18:

"Y respondiendo uno de la multitud, dijo: Maestro, traje a ti mi hijo, que tiene un espíritu mudo, el cual, dondequiera que le toma, le sacude; y echa espumarajos, y cruje los dientes, y se va secando; y dije a tus discípulos que lo echasen fuera, y no pudieron."

Palabra griega clave: "pneuma alalon" (πνεῦμα ἄλαλον)

- "Pneuma" = espíritu
- "Alalon" = mudo, sin voz

Esto indica que el demonio bloqueaba la capacidad de hablar del muchacho.

Manifestaciones en este caso:

- Convulsiones
- Espuma en la boca
- Problemas de lenguaje
- Ataques físicos violentos
- Resistencia a la liberación (los discípulos no pudieron)

II. CAMBIOS BRUSCOS DE PERSONALIDAD Y FUERZA ANORMAL

Marcos 5:2-5:

"Y cuando salió él de la barca, enseguida vino a su encuentro, de los sepulcros, un hombre con espíritu inmundo, que tenía su morada en los sepulcros, y nadie podía atarle, ni aun con cadenas.

Porque muchas veces había sido atado con grillos y cadenas, mas las cadenas habían sido hechas pedazos por él, y desmenuzados los grillos; y nadie le podía dominar.

Y siempre, de día y de noche, andaba dando voces en los montes y en los sepulcros, e hiriéndose con piedras."

Palabra griega clave: "akatharton pneuma" (πνεῦμα ἀκάθαρτον)

- "Akathartos" = impuro, sucio, moralmente contaminado
- Este tipo de espíritu lleva a la autodestrucción y locura

Manifestaciones:

- Vida en lugares de muerte (sepulcros)
- Gritos constantes
- Aislamiento
- Automutilación
- Fuerza sobrehumana

III. PARÁLISIS, CEGUERA, MUDEZ U OTROS PROBLEMAS FÍSICOS

Muchos males físicos no son enfermedades naturales, sino espirituales. Jesús sanó a muchos, y a menudo expulsó demonios para sanar.

Mateo 12:22:

"Entonces fue traído a él un endemoniado, ciego y mudo; y le sanó, de tal manera que el ciego y mudo veía y hablaba."

Aquí la sanidad vino **cuando el demonio fue expulsado**. No era un simple problema médico, era una **aflicción demoníaca**.

Griego: "daimonizomenos typhlos kai kophos" (δαιμονιζόμενος τυφλὸς καὶ κωφός)

- "Daimonizomenos" = poseído por demonios
- "Typhlos" = ciego
- "Kophos" = mudo/sordo

IV.   RESISTENCIA A LO ESPIRITUAL

Cuando una persona rechaza todo lo de Dios, incluso sintiendo repulsión por la Biblia, la alabanza o la oración, puede ser señal de influencia demoníaca.

---

1 Juan 4:3:

"Y todo espíritu que no confiesa que Jesucristo ha venido en carne, no es de Dios; y este es el espíritu del anticristo, el cual vosotros habéis oído que viene, y que ahora ya está en el mundo."

Griego: "pneuma ho mē homologei" (πνεῦμα ὃ μὴ ὁμολογεῖ)

- Significa "espíritu que no admite/confiesa"
- Implica que no solo niega verbalmente, sino que se resiste a aceptar a Cristo incluso en lo emocional o espiritual

Dramatización: Jesús en la sinagoga con un endemoniado (Lucas 4:33-35)

"Estaba en la sinagoga un hombre que tenía un espíritu de demonio inmundo, el cual exclamó a gran voz, diciendo: ¡Ah! ¿Qué tienes con nosotros, Jesús nazareno? ¿Has venido para destruirnos? Yo te conozco quién eres, el Santo de Dios.

Y Jesús le reprendió, diciendo: Cállate, y sal de él. Entonces el demonio, derribándole en medio, salió de él, y no le hizo daño alguno."

Lección poderosa:

- Los demonios reconocen la autoridad espiritual
- Manifiestan miedo, ira o resistencia ante la presencia del Espíritu Santo

- La manifestación puede ocurrir incluso dentro de una reunión de culto

- La manifestación puede ocurrir incluso dentro de una reunión de culto

V. VISIONES, PESADILLAS Y OPRESIÓN NOCTURNA

Algunas personas son visitadas en sueños por figuras oscuras, presencias sexuales, seres que las oprimen o paralizan en la cama.

Job 4:13-16:

"En imaginaciones de visiones nocturnas, cuando el sueño cae sobre los hombres, me sobrevino un espanto y un temblor, que estremeció todos mis huesos; y al pasar un espíritu por delante de mí, hizo que se erizara el pelo de mi cuerpo. Paróse delante de mis ojos un fantasma, cuyo rostro no conocí, y quedo, oí que decía..."

Aplicación: No todos los sueños son de Dios. Algunos son ataques demoníacos disfrazados. La opresión nocturna es real.

VI. CAMBIOS BRUSCOS DE CONDUCTA O HÁBITOS DESTRUCTIVOS

Adicciones compulsivas

Cambios de carácter inexplicables

Depresión sin causa médica

Ira incontrolable

Obsesión con la muerte o el ocultismo

Hechos 8:9-11:

"Pero había un hombre llamado Simón, que antes ejercía la magia en aquella ciudad, y había engañado a la gente de Samaria, haciéndose pasar por algún grande. A éste oían atentamente todos, desde el más pequeño hasta el más grande, diciendo: Este es el gran poder de Dios.

Y le estaban atentos, porque con sus artes mágicas les había engañado mucho tiempo."

Simón era controlado por **poderes demoníacos de hechicería**, y todo un pueblo estaba bajo engaño.

No toda enfermedad es natural. No todo problema psicológico es emocional. No toda crisis espiritual es inmadurez. Muchas veces hay presencia demoníaca real y operante.

Jesús sigue teniendo poder para liberar:

"Y conoceréis la verdad, y la verdad os hará libres." — Juan 8:32

CAPÍTULO 4: ¿CÓMO ENTRAN LOS DEMONIOS? LAS PUERTAS ABIERTAS

I.   ¿QUÉ SON LAS PUERTAS ESPIRITUALES?

Las puertas espirituales son derechos legales o accesos abiertos por los cuales los demonios pueden entrar o influenciar a una persona. Aunque el creyente tiene autoridad, si abre puertas al enemigo, puede quedar vulnerable. Como el pecado de Acán lo llevó al fracaso y muerte.

Efesios 4:27:

"Ni deis lugar al diablo."

Griego: "topon" (τόπον)

"Topos" = territorio, espacio, oportunidad

Pablo está diciendo: no le cedas territorio a Satanás

II.   PUERTA #1: EL PECADO NO CONFESADO Y PRACTICADO

El pecado continuo, no confesado y sin arrepentimiento, abre puertas directas a la influencia demoníaca. Especialmente los pecados sexuales, ocultismo, odio, amargura, robo, mentira y violencia.

Proverbios 28:13:

"El que encubre sus pecados no prosperará; Mas el que los confiesa y se aparta alcanzará misericordia."

Romanos 6:16:

"¿No sabéis que si os sometéis a alguien como esclavos para obedecerle, sois esclavos de aquel a quien obedecéis, sea del pecado para muerte, o sea de la obediencia para justicia?"

55

Dramatización: Caín y la puerta del pecado (Génesis 4:6-7)

"Entonces Jehová dijo a Caín: ¿Por qué te has ensañado, y por qué ha decaído tu semblante? Si bien hicieres, ¿no serás enaltecido? Y si no hicieres bien, el pecado está a la puerta; con todo esto, a ti será su deseo, y tú te enseñorearás de él."

Lección: El pecado estaba esperando como una bestia en la puerta. Caín no cerró esa puerta, y terminó matando a su hermano.

III.   PUERTA #2: HERENCIAS FAMILIARES O MALDICIONES GENERACIONALES

Dios visita la maldad de los padres hasta la tercera y cuarta generación si no hay arrepentimiento. Algunas maldiciones vienen por ocultismo en los antepasados, pactos, idolatría, alcoholismo, etc.

Éxodo 20:4-5:

"No te harás imagen, ni ninguna semejanza de lo que esté arriba en el cielo... No te inclinarás a ellas, ni las honrarás; porque yo soy Jehová tu Dios, fuerte, celoso, que visito la maldad de los padres sobre los hijos hasta la tercera y cuarta generación de los que me aborrecen."

Lamentaciones 5:7:

"Nuestros padres pecaron, y han muerto; Y nosotros llevamos su castigo."

Gálatas 3:13:

"Cristo nos redimió de la maldición de la ley, hecho por nosotros maldición (porque está escrito: Maldito todo el que es colgado en un madero)."

🔔 Aunque hay herencias malignas, ¡Cristo puede romper toda maldición!

IV.   PUERTA #3: TRAUMAS, ABUSOS Y HERIDAS EMOCIONALES

Cuando una persona sufre trauma, abuso sexual, abandono o violencia, el alma queda rota y puede quedar expuesta a influencias demoníacas.

Isaías 61:1:

"El Espíritu de Jehová el Señor está sobre mí, porque me ungió Jehová; me ha enviado a predicar buenas nuevas a los abatidos, a vendar a los quebrantados de corazón, a publicar libertad a los cautivos, y a los presos apertura de la cárcel."

Salmos 147:3:

"Él sana a los quebrantados de corazón, Y venda sus heridas."

El corazón herido se traduce del hebreo **"shabar"** (שָׁבַר) = roto, quebrado, partido en pedazos.

Jesús **viene a reparar el alma rota**, y cerrar la puerta que abrió el dolor.

V.   PUERTA #4: OCULTISMO, HECHICERÍA Y SUPERSTICIÓN

El involucramiento en prácticas ocultas (brujería, tarot, horóscopos, ouija, limpias, santería, magia blanca o negra, meditación esotérica, etc.) abre directamente la puerta a demonios.

Deuteronomio 18:10-12:

"No sea hallado en ti quien haga pasar a su hijo o a su hija por el fuego, ni quien practique adivinación, ni agorero, ni sortílego, ni hechicero, ni encantador, ni adivino, ni mago, ni quien consulte a los muertos. Porque es abominación para con Jehová cualquiera que hace estas cosas..."

Hebreo **"toebá"** (תּוֹעֵבָה) = abominación, algo repugnante a Dios.

Dramatización: Saúl y la pitonisa de Endor (1 Samuel 28:7-14)

Desesperado por dirección, el rey Saúl consultó a una médium:

"Entonces Saúl dijo a sus criados: Buscadme una mujer que tenga espíritu de adivinación, para que yo vaya a ella y por medio de ella pregunte... Saúl se disfrazó... y vino a la mujer de noche..."

Como consecuencia, el espíritu de Jehová se apartó de él, y Saúl terminó en ruina. ¡Lo espiritual no se puede tomar a la ligera!

1 Samuel 16:14: "El Espíritu de Jehová se apartó de Saúl, y le atormentaba un espíritu malo de parte de Jehová."

VI.   PUERTA #5: OBJETOS CONSAGRADOS AL MAL

Amuletos, imágenes, música satánica, literatura esotérica, estatuas y otros pueden traer opresión demoníaca al hogar si han sido consagrados a poderes oscuros.

Deuteronomio 7:26:

"Y no traerás cosa abominable a tu casa, para que no seas anatema como ella; del todo la aborrecerás y la abominarás, porque es anatema."

Hebreo **"cherem"** (חֵרֶם) = maldito, condenado, bajo juicio

Dramatización: El pecado escondido de Acán (Josué 7:10-13)

Después de la victoria en Jericó, un solo hombre tomó objetos prohibidos. Como resultado, Israel fue derrotado en la siguiente batalla.

"Y Jehová dijo a Josué: Levántate; ¿por qué te postras así sobre tu rostro? Israel ha pecado, y aun han quebrantado mi pacto... por esto los hijos de Israel no podrán hacer frente a sus enemigos... Hasta que destruyáis el anatema de en medio de vosotros."

Toda entrada demoníaca requiere una puerta abierta. A veces es intencional, otras veces heredada o ignorada, pero el enemigo no puede entrar sin permiso legal.

Proverbios 26:2:

"Como el gorrión en su vagar, y como la golondrina en su vuelo, así la maldición nunca vendrá sin causa."

CAPÍTULO 5: CÓMO PREPARARNOS PARA ECHAR FUERA UN DEMONIO SEGÚN LA BIBLIA

Texto base: Marcos 9:28-29 (RVR1960)

"Cuando él entró en casa, sus discípulos le preguntaron aparte: ¿Por qué nosotros no pudimos echarle fuera? Y les dijo: Este género con nada puede salir, sino con oración y ayuno."

Introducción dramática sugerida:

Imagina un discípulo frustrado, sudando, gritando, reprendiendo, pero el demonio no sale. Gente observando, el enfermo revolcándose... y nada sucede. Luego viene Jesús, dice una palabra... ¡y el demonio sale!

Uno de los discípulos murmura: "¡Pero si usé la misma fórmula!" Otro responde: "Tal vez no es fórmula... tal vez es fuego interno."

---

1. Prepararse espiritualmente: El vaso debe estar limpio

Versículo clave: 2 Timoteo 2:21 (RVR1960)

"Así que, si alguno se limpia de estas cosas, será instrumento para honra, santificado, útil al Señor, y dispuesto para toda buena obra."

Profundización:

- La palabra "santificado" en griego es "hagiázō", que significa "consagrado, apartado para lo sagrado".
- Un vaso sucio no sirve para ministrar liberación. Dios usa vasos limpios, no solo talentosos.

Aplicación:

Haz una autoevaluación diaria. ¿Tu corazón está libre de odio, orgullo, impureza? No puedes reprender a un demonio con la misma boca con la que maldices en secreto.

Anécdota ilustrativa:

Un predicador quiso echar fuera un demonio pero había estado en adulterio oculto. El demonio le gritó: "¡No me puedes sacar tú, tú eres más sucio que yo!"

El demonio no solo conoce tu nombre... también tu historial.

Frase célebre:

"No se puede tener autoridad sobre el infierno cuando se camina de la mano con él." — Anónimo

---

2. Prepararse con fe viva: El poder no está en el grito, sino en la fe

Versículo clave: Mateo 17:20 (RVR1960)

"Jesús les dijo: Por vuestra poca fe; porque de cierto os digo, que si tuvierais fe como un grano de mostaza, diréis a este monte: Pásate de aquí allá, y se pasará; y nada os será imposible."

Profundización:

- En griego, "pistis" (fe) implica confianza activa, convicción profunda.
- No es fe en tu oración, es fe en el Nombre que usas.

Aplicación:

¿Crees realmente que cuando dices "En el nombre de Jesús", los cielos se abren y los demonios tiemblan? Si tu fe flaquea, tu voz también.

Anécdota:

Un joven gritaba y sudaba, pero el demonio no salía. Su pastor se acercó, le puso la mano al poseído y dijo con calma: "Te vas, en el nombre de Jesús." El demonio chilló y salió. El joven le preguntó al pastor: "¿Qué hiciste?"

El pastor respondió: "Yo no grité, yo creí."

Frase célebre:

"La fe no necesita volumen, necesita convicción." — Charles Spurgeon

---

3. Prepararse con ayuno y oración: No es una opción, es una condición

Versículo clave: Marcos 9:29 (RVR1960)

"Este género con nada puede salir, sino con oración y ayuno."

Profundización:

- "Género" en griego es "genos", que implica una clase específica, un linaje espiritual de demonios más fuertes.
- "Ayuno" en griego es "nēsteía", abstinencia voluntaria con enfoque espiritual.
- El ayuno no cambia al demonio, cambia al guerrero.

Aplicación:

Antes de un evento de liberación, dedica días de oración y ayuno. No para manipular a Dios, sino para afilar el filo espiritual. Tu carne calla, tu espíritu se fortalece, y tu discernimiento se agudiza.

Anécdota:

Un hombre quería liberar a su hijo poseído. Alguien le preguntó: "¿Has ayunado?" Él dijo: "No tengo tiempo para eso." El consejero respondió: "Entonces el demonio sí tendrá tiempo... para quedarse."

Frase célebre:

"El ayuno es la llave que abre las puertas cerradas por la incredulidad." — Derek Prince

Reflexión profunda final:

No se trata de talento, elocuencia ni volumen. Echar fuera demonios es una confrontación de **autoridad espiritual**. Y la autoridad no se improvisa... se cultiva en la intimidad con Dios. No es en el escenario donde se gana la batalla, sino en la alcoba de oración.

Querido lector, si no estás preparado, el enemigo no solo resistirá, puede reírse de ti. ¿Estás ayunando? ¿Estás orando? ¿Estás santificándote?

No juegues a ser guerrero espiritual si no tienes armadura. Los demonios no respetan a los gritones... pero tiemblan ante los consagrados.

"Someteos, pues, a Dios; resistid al diablo, y huirá de vosotros." — Santiago 4:7

CAPÍTULO 6: PASO A PASO PARA ECHAR FUERA UN DEMONIO SEGÚN LA BIBLIA

Texto base general: Lucas 10:19 (RVR1960)

"He aquí os doy potestad de hollar serpientes y escorpiones, y sobre toda fuerza del enemigo, y nada os dañará."

Paso 1: Verifica la autoridad espiritual del ministro

Base bíblica: Hechos 19:15-16

"Pero respondiendo el espíritu malo, dijo: A Jesús conozco, y sé quién es Pablo; pero vosotros, ¿quiénes sois?"

- No todos pueden ejercer autoridad. La autoridad se reconoce en el mundo espiritual por la relación con Cristo, no por el cargo o el título.
- El verbo griego "epiginōskō" (conozco) implica reconocimiento profundo y legítimo.

Acción:

- Asegúrate que el ministro esté nacido de nuevo, santificado, orando y ayunando.
- Nunca permitas que alguien en pecado abierto ministre liberación.

Paso 2: Identifica si es una posesión o una opresión

Base bíblica: Marcos 5:2-3

"Y cuando salió él de la barca, enseguida vino a su encuentro, de los sepulcros, un hombre con espíritu inmundo, que tenía su morada en los sepulcros..."

- Posesión = el demonio controla áreas del cuerpo y mente.
- Opresión = el demonio influye desde fuera (miedos, adicciones, enfermedades repetitivas).
- En griego, "daimonizomai" (endemoniado) se traduce literalmente como "estar bajo influencia demoníaca".

Acción:

- Pregunta: ¿La persona pierde el control? ¿Tiene voces internas? ¿Fuerza sobrenatural? ¿Convulsiones?
- Haz un diagnóstico espiritual, no psiquiátrico.

Paso 3: Asegura confesión de pecados y renuncia al enemigo

Base bíblica: Santiago 5:16

"Confesaos vuestras ofensas unos a otros, y orad unos por otros, para que seáis sanados..."

- El enemigo se aferra al pecado oculto.
- Renunciar verbalmente corta pactos, maldiciones, pecados generacionales.

Acción:

- Guía al oprimido a decir:
- "Renuncio a toda práctica de ocultismo, inmoralidad, odio, y entrego mi vida a Jesucristo."
- Revisa si hay objetos contaminados: amuletos, imágenes, libros, tatuajes con símbolos ocultistas.

Paso 4: Reprende con autoridad, no con fórmulas

Base bíblica: Marcos 1:25-26

"Pero Jesús le reprendió, diciendo: ¡Cállate, y sal de él! Y el espíritu inmundo, sacudiéndole con violencia y clamando a gran voz, salió de él."

- Jesús no gritó fórmulas repetidas. Usó autoridad directa.
- "Reprendió" = epitimaō, que implica "corregir, amonestar con poder superior".

Acción:

- Ordena directamente: "Espíritu de enfermedad, sal ahora en el nombre de Jesucristo."
- Prohíbe manifestaciones teatrales: "No te manifiestes, sal sin hacer daño."
- Usa el nombre de Jesús como sello de legalidad: Hechos 16:18.

Paso 5: Observa manifestaciones y persevera si hay resistencia

Base bíblica: Lucas 9:39

"...y le sacude con violencia, y le hace echar espumarajos; y apenas se aparta de él, quebrantándole."

- Algunas liberaciones son instantáneas, otras progresivas.
- Hay espíritus de alto rango que intentan resistir (Marcos 9:29).

Acción:

- No tengas miedo si el cuerpo se sacude o grita.
- Proclama sangre de Cristo sobre todos los presentes.
- Sigue reprendiendo con autoridad, sin temor.

Paso 6: Verifica si ha salido y ora por llenura del Espíritu Santo

Base bíblica: Mateo 12:43-45

"Cuando el espíritu inmundo sale del hombre... vuelve y lo halla desocupado..."

- Un cuerpo liberado sin llenura espiritual es terreno libre para que el demonio vuelva, con peores.

Acción:

- Ora: "Señor, llena este templo con tu Espíritu. Que tu paz, gozo, y verdad moren aquí."
- Impón manos con autoridad y proclama vida nueva en Cristo.

Paso 7: Recomienda seguimiento, discipulado y sanidad interior

Base bíblica: Juan 8:31-32

"Si vosotros permaneciereis en mi palabra, seréis verdaderamente mis discípulos; y conoceréis la verdad, y la verdad os hará libres."

- La liberación es el inicio, no el final.
- Sin renovación de mente, el enemigo vuelve.

Acción:

- Aconseja ayuno, lectura bíblica diaria, congregarse, y sanidad emocional.
- Invita a un retiro o encuentro espiritual.

Resumen práctico (tipo catálogo):

Paso	Acción práctica	Base bíblica
1	Verifica autoridad	Hechos 19:15
2	Discierne opresión o posesión	Marcos 5:2
3	Confesión y renuncia	Santiago 5:16
4	Reprensión con autoridad	Marcos 1:25
5	Perseverancia y cobertura	Lucas 9:39
6	Llenura del Espíritu	Mateo 12:43
7	Seguimiento y discipulado	Juan 8:31

CAPÍTULO 7: CLASES DE ESPÍRITUS INMUNDOS Y SUS MANIFESTACIONES

"Y echaban fuera muchos demonios, y ungían con aceite a muchos enfermos, y los sanaban." Marcos 6:13 (RVR1960)

Dios nos muestra que hay diferentes tipos de demonios con funciones, nombres y efectos distintos. En este capítulo identificamos los principales grupos de espíritus inmundos mencionados en la Biblia, cómo operan y cómo discernirlos.

1. Espíritu de enfermedad

Lucas 13:11 (RVR1960):

"Y había allí una mujer que desde hacía dieciocho años tenía espíritu de enfermedad, y andaba encorvada, y en ninguna manera se podía enderezar."

Manifestaciones:

- Dolencias crónicas sin causa médica clara.
- Dolores migrantes (cambian de lugar).
- Diagnósticos confusos o que "desaparecen" durante oración.

Reflexión:

No toda enfermedad es demoníaca, pero sí hay enfermedades espirituales que solo se sanan expulsando el espíritu.

2. Espíritu de adivinación (ocultismo)

Hechos 16:16 (RVR1960):

"Aconteció que mientras íbamos a la oración, nos salió al encuentro una muchacha que tenía espíritu de adivinación, la cual daba gran ganancia a sus amos, adivinando."

Manifestaciones:

- Personas con sueños extraños, revelaciones falsas.
- Deseo de consultar horóscopos, cartas, santería, etc.
- Vínculo con prácticas ocultas: limpias, brujería, espiritismo.

En griego, "adivinación" es "python" (pitón), aludiendo a serpientes y control.

---

3. Espíritu inmundo o impuro (lujuria, inmoralidad)

Marcos 5:8 (RVR1960):

"Porque le decía: Sal de este hombre, espíritu inmundo."

Manifestaciones:

- Adicciones sexuales, pornografía, perversiones.
- Conductas impuras incluso en niños (indica puertas abiertas).
- Provocación excesiva, erotismo, hipersexualización.

Judas 1:7 (RVR1960):

"...como Sodoma y Gomorra... habiendo fornicado e ido en pos de vicios contra naturaleza, fueron puestas por ejemplo..."

---

4. Espíritu de mentira o engaño

1 Reyes 22:22-23 (RVR1960):

"Y él dijo: Yo saldré, y seré espíritu de mentira en boca de todos sus profetas... Y ahora, he aquí Jehová ha puesto espíritu de mentira en la boca de todos estos tus profetas..."

Manifestaciones:

- Personas que mienten compulsivamente.
- Autoengaño religioso: creen estar bien con Dios cuando no.
- Manipulación disfrazada de espiritualidad.

---

5. Espíritu de temor

2 Timoteo 1:7 (RVR1960):

"Porque no nos ha dado Dios espíritu de cobardía, sino de poder, de amor y de dominio propio."

Manifestaciones:

- Ataques de pánico, ansiedad constante.
- Miedo irracional a la muerte, oscuridad o lo espiritual.
- Personas que paralizan ante decisiones clave.

En griego, "cobardía" es "deilia", que implica timidez paralizante, terror opresivo.

---

6. Espíritu de celos, contienda y división

Números 5:14 (RVR1960):

"Si viniere sobre él espíritu de celos, y tuviere celos de su mujer..."

Manifestaciones:

- Sospecha constante sin causa.
- Disensiones, chismes, pleitos en familias o iglesias.
- Personas que siempre dividen en lugar de unir.

7. Espíritu de sordera y mudez (bloqueo espiritual/físico)

Marcos 9:25 (RVR1960):

"Y cuando Jesús vio que la multitud se agolpaba, reprendió al espíritu inmundo, diciéndole: Espíritu mudo y sordo, yo te mando, sal de él, y no entres más en él."

Manifestaciones:

- Personas que no comprenden la Palabra (sordera espiritual).
- Problemas para hablar o entender en lo espiritual.
- Aislamiento inexplicable o mutismo emocional.

8. Espíritu de esclavitud (adicciones, compulsiones)

Romanos 8:15 (RVR1960):

"Porque no habéis recibido el espíritu de esclavitud para estar otra vez en temor..."

Manifestaciones:

- Personas atadas a vicios (drogas, alcohol, juego, comida).
- Impulsos que no pueden controlar aunque quieran.
- Opresión mental intensa con culpa constante.

9. Espíritu de anticristo (oposición a lo santo)

1 Juan 4:3 (RVR1960):

"...y todo espíritu que no confiesa que Jesucristo ha venido en carne, no es de Dios; y este es el espíritu del anticristo..."

Manifestaciones:

- Personas que odian lo cristiano sin razón lógica.
- Rebelión contra la Biblia, blasfemias, rechazo al Nombre de Jesús.
- Promueven falsa doctrina o religiosidad sin Cristo.

Resumen en formato catálogo:

Clase de espíritu	Manifestaciones	Texto bíblico
Enfermedad	Dolores sin causa, aflicción crónica	Lucas 13:11
Adivinación	Ocultismo, santería, falsas visiones	Hechos 16:16
Inmundo	Lujuria, adicción sexual, impureza	Marcos 5:8
Mentira	Engaño, falsedad religiosa, manipulación	1 Reyes 22:22
Temor	Pánico, parálisis, ansiedad	2 Timoteo 1:7
Celos	Pleitos, sospecha, división	Números 5:14
Sordera/Mudez	Bloqueo espiritual, mutismo emocional	Marcos 9:25
Esclavitud	Vicios, compulsión, autodestrucción	Romanos 8:15
Anticristo	Blasfemia, rebelión contra Cristo	1 Juan 4:3

No todo lo que parece psicológico es psicológico. Muchos padecimientos emocionales o físicos tienen **una raíz espiritual oculta**. Identificar el tipo de espíritu es clave para lograr una liberación eficaz.

"Para esto apareció el Hijo de Dios, para deshacer las obras del diablo." **1 Juan 3:8 (RVR1960)**

CONCLUSIÓN FINAL: EL LLAMADO DEL GUERRERO

"Y estas señales seguirán a los que creen: En mi nombre echarán fuera demonios..." **Marcos 16:17 (RVR1960)**

Querido lector...

Has llegado al final de estas páginas, pero estás a punto de comenzar una guerra real. Lo que has leído no es un estudio teórico, es un manual de guerra espiritual, una llamada al frente de batalla, un toque de trompeta sobre los valles donde yacen atados millones de almas.

Este libro no fue escrito para entretener, sino para despertar. Despertar al guerrero dormido en ti. Despertar a la autoridad que Cristo te dio. Despertar la certeza de que tú puedes y tú debes echar fuera demonios en el Nombre que está sobre todo nombre: Jesucristo.

NO ERES UN CREYENTE DÉBIL... ERES UN LIBERTADOR

El infierno cuenta con que tú sigas ignorando tu autoridad. Pero hoy ya sabes demasiado como para callar.

- ¿Viste a alguien oprimido, con ataques, con enfermedades repetitivas, con cadenas invisibles? No llames al pastor primero... ¡sé tú el que se levanta!
- ¿Te tiemblan las piernas? A los discípulos también... Pero cuando oraron y ayunaron, se convirtió el temor en fuego, la debilidad en poder, y el silencio en grito de libertad.

SI PUDIERAS VER EN EL MUNDO ESPIRITUAL...

...verías demonios temblando cuando el justo se arrodilla. Verías cadenas cayendo cuando alguien renuncia a sus pecados.

Verías puertas espirituales abrirse cuando alguien proclama: "¡Sal fuera, en el nombre de Jesús!"

¡TOMA TU ESPADA!

"Por lo demás, hermanos míos, fortaleceos en el Señor, y en el poder de su fuerza."

"Vestíos de toda la armadura de Dios, para que podáis estar firmes contra las asechanzas del diablo."

Efesios 6:10-11 (RVR1960)

Este no es el final. Es el principio de un llamado:

A caminar con autoridad.

A vivir en santidad.

A liberar a los cautivos.

A ser un soldado entrenado, no un espectador pasivo.

SI DIOS TE TRAJO A ESTAS PÁGINAS... ES PORQUE ALGUIEN TE ESTÁ ESPERANDO

Alguien está oprimido...

Alguien está atado...

Alguien está clamando en silencio...

Y tú serás el instrumento de su libertad.

No por ti. No por tu poder.

Sino porque Cristo vive en ti, y su Espíritu te unge para dar libertad a los cautivos.

NO OLVIDES QUIÉN ESTÁ CONTIGO

"Hijitos, vosotros sois de Dios, y los habéis vencido; porque mayor es el que está en vosotros, que el que está en el mundo." **1 Juan 4:4 (RVR1960)**

Que lo escuche el infierno entero:

¡NO estás solo!

¡NO estás débil!

¡NO estás vencido!

Tú estás ungido.

Tú estás armado.

Tú estás llamado.

ÚLTIMAS PALABRAS AL GUERRERO QUE LEE ESTO

Si tus rodillas tiemblan… ¡que tiemblen, pero que no se doblen ante el enemigo!

Si tu voz tiembla… ¡que tiemble, pero que no calle!

Si te sientes indigno… ¡recuerda que Dios usa vasijas quebradas para derramar gloria!

VÉ Y ECHA FUERA DEMONIOS

No mañana.

No cuando "sientas".

¡AHORA!

El infierno ha sido desenmascarado.

La Palabra ha sido declarada.

Y tú...

Tú eres parte del ejército de liberación de Dios.

Que el Espíritu Santo te llene con poder, fuego, sabiduría y discernimiento.

Y que cada capítulo que vivas de aquí en adelante, sea un testimonio de que **Cristo sigue libertando a los cautivos... por medio de ti.**

"Y conoceréis la verdad, y la verdad os hará libres." **Juan 8:32 (RVR1960)**

¡Ve ahora, valiente guerrero!

El mundo espiritual ya no será igual...

porque tú has sido despertado.

FIN DEL LIBRO

TALLER DE LIBERACIÓN

— por Julio Saucedo —

Capítulo: El Hombre de los Ojos Vacíos

Aquella tarde no era diferente a las demás. El viento soplaba con una calma inquietante, como si el cielo mismo contuviera el aliento. Nadie lo notó al principio. La puerta de la iglesia se abrió con un crujido antiguo, y allí, en el umbral, apareció una silueta cansada... un hombre con el alma hecha jirones. Su nombre era Francisco Jurado.

Llegó acompañado de su esposa y sus dos hijos. Pero no eran una familia... eran sobrevivientes. Fragmentos de lo que alguna vez fue un hogar. Sus rostros reflejaban el peso de años enteros de oscuridad, adicción, pobreza, miedo... un miedo que se podía palpar, como neblina espesa en el aire. Sus ojos... ¡Dios mío, sus ojos! Había en ellos una tormenta... un abismo... como si la misma sombra del infierno los habitara.

Fue Miriam, una hermana fiel, quien me habló de él semanas antes. Me dijo, casi llorando, que la situación de Francisco era inhumana... que ya muchos lo habían intentado ayudar y habían fracasado. Él mismo había buscado refugio en varias iglesias, en su desesperación... pero en cada intento, su caída era más brutal.

Recuerdo que cuando por fin llegó, lo miré fijamente. No hablaba. No lloraba. No respiraba como un hombre vivo. Se sentó como un cuerpo sin dueño, y en ese instante supe: **ese hombre estaba siendo gobernado por algo que no era él.**

Me acerqué y le hablé de Jesús. Le hablé con la fe del que sabe que el infierno puede temblar ante una sola palabra del cielo. Francisco me escuchó en silencio. Luego, con voz rota, me contó algo que me hizo estremecer:

"Un pastor me dijo que ni muriendo... ni volviendo a nacer... yo podría cambiar. Que lo mío no tenía remedio."

¡Qué sentencia más cruel! ¡Qué mentira más infernal! Pero allí, frente a mí, estaba un hombre que ya no creía en nada... y aún así, se atrevió a creer en Jesús por primera vez.

Oré por él. Puse mis manos sobre su hombro izquierdo, y en ese momento... sucedió lo inexplicable.

Bajo su piel, justo debajo de donde lo toqué, se formó una protuberancia... ¡una bola! del tamaño de un ratoncito. Se movía. ¡Se movía bajo su piel! Como una criatura siniestra huyendo de la luz. Bajó lentamente desde su hombro hasta la palma de su mano... y allí, simplemente desapareció.

Francisco comenzó a llorar como un niño... no de dolor, sino de libertad. El poder de Dios lo había tocado. Lo invisible se hizo visible... y lo imposible se hizo carne. ¡Fue liberado! Allí, en ese momento, fue arrancado del infierno, libre del miedo que lo encadenaba, libre de la droga que lo había consumido, libre del tormento que había hecho de su vida un valle de sombras.

Hoy, Francisco Jurado ya no es el hombre de los ojos vacíos.

Él, su esposa, y sus hijos... son una familia restaurada. Ríen. Caminan con dignidad. Sirven juntos al Señor. Su casa está llena de luz, de risas, de propósito. Porque cuando Cristo entra... el infierno huye.

Y yo te digo a ti, lector:

¡Nada hay imposible para Dios!

Capítulo: El Ataque Invisible

Hay testimonios que estremecen. Historias donde la batalla espiritual se hace carne... y el milagro se vuelve irrefutable. Esta es la historia de Carlos Salazar, un hombre común, con una lucha silenciosa... pero atrapado por cadenas que ningún ojo humano podía ver.

Carlos vivía sumergido en el vicio. Su vida giraba entre el alcohol y el cigarro. Su cuerpo estaba vivo... pero su alma moría lentamente. Su esposa, María, ya había entregado su corazón a Cristo y venía luchando en oración por el alma de su esposo. Un día me habló de su situación: de su dolor, su desesperación... de las lágrimas que derramaba en secreto, anhelando ver a su esposo libre.

Le dije que lo invitara. Que lo trajera a uno de nuestros servicios. **Y así fue.**

Una noche cualquiera, Carlos cruzó las puertas de la iglesia. No dijo mucho. Pero su rostro hablaba por él. Tenía la mirada de quien había tocado fondo. **Un hombre cansado de su propia sombra.** Y fue esa misma noche cuando, con un corazón quebrantado, **entregó su vida al Señor Jesús.**

Comenzó a servir en la iglesia. Pero algo no estaba bien...

Carlos vivía en unión libre con María. Tenían ya dos hijos: Carlitos y Ashly. Aunque caminaban hacia el Señor, había una puerta abierta. Y con el tiempo... **el enemigo se infiltró por esa grieta.**

Primero fueron los dolores. El corazón le latía con fuerza. Palpitaciones intensas, punzadas que le robaban el aire. Fue a médicos... hospitales... análisis y estudios. Nada. **No había diagnóstico. No había explicación. Pero su salud se deterioraba visiblemente.**

Perdía peso. Su piel se empalidecía. Su mirada se tornaba ausente. **Era como si algo estuviera robándole la vida desde dentro**. Hasta que una noche, sin aviso, convulsionó por primera vez. Días después, le dio un ataque cardíaco. **Cayó como muerto**. Los que estaban allí pensaron que había partido... pero volvió. Volvió, pero ya no era el mismo.

El miedo se apoderó de su casa. De su alma. Y de los suyos.

Fue entonces que recibí la llamada de María. Su voz temblaba. Me pidió que fuera a su hogar, desesperada, sin saber qué más hacer. **Fui**.

Lo que encontré en esa casa fue un campo de batalla. Una familia aferrada a la fe, pero asediada por una fuerza oscura y real. Comenzamos a orar por sanidad. Por liberación. Y mientras orábamos... **Carlos perdió el conocimiento**.

De pronto, su voz cambió. Su rostro también.

Un espíritu habló. Una entidad oscura se manifestó, diciendo que había sido enviada a través de un hechizo... ¡por medio de una bebida contaminada! Una soda, un trago envenenado espiritualmente, había sido el canal de entrada. El espíritu decía que no podía salir... porque Carlos y María vivían en fornicación. Estaban en unión libre, y eso, dijo el espíritu, le daba derecho legal para entrar y salir de su vida cuando quisiera.

Oramos. **Luchamos**. Reprendimos. Pero el espíritu no se iba. Porque la **puerta legal seguía abierta**.

Días después, obedientes a la Palabra, Carlos y María **se casaron por la ley de Dios y de los hombres**. Cerraron la grieta. Cortaron con la raíz.

Y entonces, en una segunda oración, con autoridad renovada, oramos de nuevo. **Y fue allí cuando el demonio fue echado fuera**.

Carlos fue libre. Libre del ataque invisible. Libre del tormento que la ciencia no pudo entender. ¡Libre por el poder del Nombre que está sobre todo nombre!

Hoy, Carlos Salazar vive sano, restaurado y feliz con su esposa e hijos. Ya no hay temor en su casa. Hay gozo. Ya no hay oscuridad en su corazón. Hay luz. Sirve fielmente en la iglesia junto a su familia, y cada día es testimonio viviente de que lo que la medicina no puede hacer, Dios lo puede hacer en un instante.

Porque **no hay cadena que Él no pueda romper**.

Porque **no hay hechizo que resista su gloria**.

Porque **nada... absolutamente nada... es imposible para Dios**.

Capítulo 3 – El Hombre de las Cuarenta y Ocho Cervezas

Testimonio de Yony (Guatemala)

Doce años.

Doce largos, amargos y oscuros años.

Esa fue la sentencia que vivió Yony, un hombre de origen guatemalteco que huyó de la desesperación de su país con la esperanza de encontrar una nueva vida en Estados Unidos. Pero en lugar de encontrar libertad... **encontró una prisión más profunda**.

Llegó cargando una adicción brutal al alcohol. Y aunque trató de luchar contra ella, **el vicio se volvió más fuerte en tierras extranjeras**. La ansiedad lo devoraba cada mañana como una fiera. Un dolor de cabeza punzante lo atormentaba al despertar, y la única medicina que encontraba era el mismo veneno que lo estaba matando: la cerveza.

Cada día tomaba al menos **doce cervezas**. Los sábados, **veinticuatro**. Y los domingos, **hasta cuarenta y ocho**.

¡Cuarenta y ocho cervezas en un solo día!

No era placer. Era esclavitud. No era ocio. Era un grito de auxilio.

Un día, en una barra, con los ojos vacíos y el corazón desbordado, Yony marcó mi número. Me llamó desde ese lugar oscuro, confesando que **ya no quería vivir así**. Lo invité a mi casa. Llegó temblando. No físicamente... sino en su alma. Y mientras hablábamos, noté algo inusual. **Empezó a bostezar de forma**

exagerada. Repetidamente. Era como si algo dentro de él no soportara estar en ese ambiente. Y lo supe de inmediato:

No era solo una adicción. Era un tormento espiritual.

Esa misma noche lo llevé a uno de nuestros servicios. Allí, frente al altar, con su corazón quebrantado y su alma abierta, le entregó su vida a Jesucristo. Fue un momento glorioso... pero el proceso no había terminado.

La ansiedad no desapareció de inmediato. Seguía presente, arañando su mente. Hasta que llegó el día en que lo invité a una oración de liberación. No entendía mucho del tema... pero aceptó. Y Dios estaba listo para hacer lo que ningún tratamiento había logrado.

Puse mis manos sobre él, y en el nombre de Jesús, comencé a orar. En un instante, su cuerpo se debilitó. Estuvo a punto de caer. Y en medio de esa administración, él sintió una sombra salir de su interior. No la vio... pero la sintió. Y con esa sombra, se fue el dolor, la ansiedad, y la adicción.

Desde ese día, **Yony jamás volvió a sentir dolor de cabeza. Jamás volvió a sentir deseo por el alcohol. Jamás volvió a ser el mismo**.

Hoy, Yony es un hombre transformado. Un fiel servidor de Cristo, un testimonio viviente del poder de Dios. Le cuenta a todos lo que pasó. Y siempre repite:

"Si yo no lo hubiera vivido... no lo habría creído."

Porque **cuando Jesús entra a una vida, la oscuridad no puede quedarse**. Porque **lo que el mundo no puede sanar, Dios lo cambia en un instante**.

Y porque una vez más, se cumple la verdad eterna:

Nada hay imposible para Dios.

Capítulo 4 – La Niña que Le Temía a la Muerte

Testimonio de la familia de Yenifer y José

Era una tarde cualquiera.

Pero no todas las tardes son iguales.

Algunas traen consigo un clamor que el cielo no puede ignorar.

Recibí una llamada. La voz al otro lado era la **de una mujer desesperada**. La conocía desde hacía años, pero ese día no era una conversación casual. Era un **grito de auxilio**.

Su hija —de apenas unos diez años— estaba sumida en un estado inexplicable. **Un temor constante a la muerte la atormentaba.** Había dejado de comer, su cuerpo se debilitaba, se le notaba **cada día más delgada, más pálida, más apagada**. Los médicos no encontraban nada. Ni diagnóstico, ni causa. Solo silencio.

Habían comprado su primera casa en Los Ángeles, California, y creyeron por un momento que tal vez la mudanza, el ambiente nuevo o el estrés había causado algún desequilibrio emocional. **Pero esto era más que un trauma**. Era como si algo invisible **la estuviera oprimiendo**.

Tenía miedo a la oscuridad. Hablaba sola por las noches. Y cada día empeoraba.

La madre, Yenifer, ya al borde del colapso, **me lo contó todo con lágrimas**. Le dije: "Llévala a la iglesia. Esta batalla no es natural." Esa misma noche llegaron a uno de nuestros servicios. Al final, oramos por ella. Y lo que ocurrió confirmó lo que en mi espíritu ya discernía.

Mientras orábamos, **la niña comenzó a hacer señas con las manos... como cuernos**. ¡Con ambas manos!

Era claro: **un espíritu inmundo había tomado lugar en su vida**. Pero... ¿cómo? ¿Por qué?

Durante los días siguientes, seguimos orando e indagando. No había pecado evidente, ni exposición a brujería, ni objetos malditos. Hasta que le hice una pregunta aparentemente sencilla a la madre:

—¿Juega tu hija algún videojuego?

Ella respondió:

—No... pero mi esposo sí.

Juega mucho uno que se llama Free Fire Max. Pasa horas en eso, especialmente por las noches.

Y entonces todo encajó.

Ese no era el primer caso que habíamos enfrentado relacionado con ese juego. ¡Era el cuarto! En diferentes familias, ciudades, situaciones... el mismo patrón. Un juego aparentemente **inocente, pero con una carga espiritual oculta**. Un juego que, como la ouija o el llamado "Charlie Charlie", abre **portales invisibles al mundo de las tinieblas**.

Muchos lo ven como entretenimiento. Pero en lo espiritual, **es una convocatoria demoníaca disfrazada de diversión**. Y los espíritus no necesitan una invitación explícita. Solo una Puerta abierta.

Llamé al padre. Le conté los casos anteriores. Le hablé con claridad, con amor pero con firmeza.

Él entendió. Se quebrantó. Pidió perdón a Dios. **Dejó de jugar inmediatamente**. Y juntos hicimos una oración de arrepentimiento, cierre de puertas espirituales y liberación.

Esa misma noche, oramos por la niña una vez más... Y **el milagro sucedió**.

El espíritu se fue.

La niña **volvió a comer**.

La risa volvió a su rostro.

¡La luz regresó a su alma!

Hoy, es una niña completamente sana. Alegre. Normal. La familia de Yenifer y José sirve a Dios con gratitud, sabiendo que **fueron rescatados de un ataque espiritual que quiso destruir su hogar**.

Y todo por una verdad que no podemos ignorar:

El enemigo se oculta en lo cotidiano... pero en el nombre de Jesús, toda rodilla se doblará.

Capítulo 5 – El Hombre de la Puerta

Testimonio del hombre sin nombre... pero no sin esperanza

Era un mediodía cualquiera. Pero en el reino de los cielos, **no existe lo común**. A veces, los momentos más ordinarios se convierten en el escenario de un milagro eterno.

Yo estaba en la iglesia, ordenando unas sillas, preparando el salón para el servicio de la noche. Todo tranquilo. Todo en orden. Hasta que el cielo decidió **interrumpir la rutina con un alma a punto de romperse**.

A la puerta del templo llegó un hombre **andrajoso, sucio, desfigurado por la vida**. Era un homeless, alguien que había vivido en la calle **por dieciséis años**. Su apariencia gritaba abandono, pero sus ojos... **clamaban por misericordia**.

Se quedó parado en la puerta, dudando si entrar. Yo lo saludé con un gesto amable. Él bajó la cabeza con vergüenza... y **comenzó a llorar**. Lo abracé.

Nos sentamos. Y ahí, en medio del silencio de un templo vacío, este hombre roto me contó su historia.

Había sido un hombre exitoso. Profesional. Con una hermosa esposa, hijos, casa, trabajo.

Pero una infidelidad de su parte **destruyó su matrimonio**. El dolor lo llevó a refugiarse en las drogas... sin saber que ese "refugio" se convertiría en su tumba.

"Nunca imaginé que una decisión equivocada... me robaría dieciséis años de mi vida."

Calles. Frío. Hambre. Basura.

Comía lo que encontraba en los contenedores. Dormía donde podía.

Era un cadáver con pulso.

Y para colmo, ahora cargaba un grillete de migración en el tobillo, con una orden de deportación... y un diagnóstico terminal de **cáncer**. Abandonado por su familia. Rechazado por la sociedad. Desesperado incluso por la muerte.

Ese día —me dijo— caminaba por la calle Figueroa pensando en cómo quitarse la vida. Pero al pasar frente a la iglesia y ver la puerta abierta... algo lo atrajo.

Y entró.

Le hablé de Jesús.

Él aceptó.

Oré por él.

Y antes de que se fuera, lo abracé con fuerza y le dije:

"Dios ya hizo un milagro en ti... busca una iglesia y no mires atrás."

Y se fue.

Nunca supe su nombre. Nunca lo volví a ver.

Hasta diez meses después.

Estábamos celebrando un servicio especial. Acabábamos de regresar de un retiro de caballeros lleno de milagros. El templo estaba lleno. El gozo era grande. Y entonces... **entró un hombre bien vestido**. No lo reconocí. Lo saludé como a cualquier visitante.

Pero él levantó la mano y me dijo:

—Pastor... ¿me recuerda?

Yo lo miré con atención. Pero le fui sincero:

—No, hermano... no lo recuerdo.

Entonces **sus ojos se llenaron de lágrimas**.

Y dijo:

—Hace diez meses... yo era aquel hombre andrajoso que usted abrazó aquí. Aquel homeless que le contó su historia y pensaba quitarse la vida. Ese día, cuando oró por mí, todo cambió. Dios me sanó del cáncer. Me quitó los vicios. ¡Recuperé a mi familia! ¡Y aquí traigo mi green card! Usted me dijo que no me iban a deportar... y así fue.

—Hoy tengo hogar. Tengo paz. Sirvo a Dios en la iglesia en El Monte. Mi pastor me dijo: **"Ve a Los Ángeles. Busca a ese pastor. Dale las gracias."**

No pude contener las lágrimas.

Toda la iglesia lloraba. El cielo estaba presente. Lo que era un vagabundo condenado... ahora era un hijo restaurado.

Porque el Dios que levanta al mendigo del basurero... También lo pone en silla de honra.

Y una vez más, el eco eterno de esta verdad retumbó en mi corazón:

Nada hay imposible para Dios.

Capítulo 6 – En el Desierto... Un Nuevo Nacimiento

Testimonio de Hugo, el joven de las calles

Dicen que los desiertos son lugares secos, áridos, vacíos. Pero también fueron los lugares donde Dios habló cara a cara con Su pueblo. Y así fue.

Una tarde reciente, la juventud de nuestra iglesia organizó un retiro espiritual en un rancho alejado, en pleno desierto, fuera de la ciudad de Los Ángeles. Unos 90 jóvenes se reunieron para buscar la presencia de Dios. Fue un tiempo de alabanza, palabra, oración... y milagros.

Entre los invitados estaba Hugo, un joven de apenas 23 años, que **vivía prácticamente en las calles**. Su testimonio estremeció a todos.

Contó cómo las drogas y el alcoholismo **habían destruido su vida**. Había caído en una espiral de ansiedad, rebelión, desesperación y adicción. Su única razón para vivir era sostener sus vicios. Todo lo demás se volvió irrelevante.

—Ni mi propia madre me quiso ya en casa —dijo con voz quebrada—. Me echó. Me dijo que no podía más conmigo.

Fue así como conoció a **Brucee Lee** (sí, como el legendario artista marcial), un joven Cristiano de nuestra congregación que, a **pesar de sus vidas opuestas**, se hizo amigo suyo. Y fue Brucee quien lo invitó al retiro, creyendo que allí **Dios podía hacer algo**.

Y vaya si lo hizo.

Durante el segundo día, estábamos celebrando **bautizos en agua**. Se trataba de jóvenes que decidían **entregar su vida completamente al Señor**.

Me acerqué a Hugo y le pregunté:

—¿Quieres bautizarte?

Él estaba nervioso, lleno de incertidumbre.

No sabía si merecía una nueva vida.

Pero sí sabía que **ya no quería la vieja**.

Dijo que sí.

Y en el momento que lo sumergimos en el agua, su cuerpo comenzó a temblar. Literalmente.

Algo **espiritual** estaba ocurriendo.

Al sumergirse, fue como si algo saliera de él. Y al salir**... la gloria de Dios lo envolvió**.

Su rostro cambió.

Sus ojos brillaban.

Una risa santa, un gozo inexplicable, lo inundó completamente.

Desde ese instante, Hugo fue otro. Volvió a su casa... libre de drogas, sobrio, cuerdo. Su madre, al verlo, no podía creerlo.

Pensó que era fingido, que era momentáneo. Pero no.

Los días pasaron. Las semanas.

Y **el Hugo de antes nunca volvió**.

Ahora es un joven **alegre, dinámico, servicial**.

Un ejemplo vivo del **poder de Jesucristo para salvar al que parece irrecuperable**.

Hoy sirve activamente en la iglesia, comparte su testimonio y es una inspiración para otros jóvenes que aún están atrapados en la oscuridad.

Porque la promesa sigue vigente:

"Venid a mí todos los que estáis trabajados y cargados, y yo os haré descansar." — Mateo 11:28

Capítulo 7 – La Mujer del Grito y el Niño del Milagro

Testimonio de liberación de Yessenia y el nacimiento bajo fuego espiritual

Era un servicio glorioso.

La alabanza se elevaba como incienso al cielo.

La danza, las lágrimas, los rostros rendidos...

La gloria de Dios descendía con poder.

Estábamos celebrando uno de esos servicios donde la atmósfera se carga de lo sobrenatural.

Se podía sentir...

Dios estaba ahí.

Pero justo en medio de aquella adoración celestial... **un grito escalofriante desgarró el ambiente**.

Un sonido tan violento que **silenció la música, las voces, los corazones**.

Todos se giraron.

En el suelo, **una mujer embarazada** se retorcía violentamente.

Sus gritos no eran humanos.

Eran profundos, desgarradores... **demoníacos**.

—¡No! ¡NO! ¡NOOOOO! —gritaba con una voz desfigurada, oscura.

Se tapaba los oídos como si algo invisible le torturara el alma.

Su vientre de siete meses se movía como si estuviera dando a luz.

Corrí hacia ella.

Su cuerpo convulsionaba. Su rostro era otro.

El infierno se estaba manifestando.

De inmediato entendí:

Un espíritu inmundo intentaba destruir a esa mujer... y al niño que llevaba en su vientre.

Me acerqué con autoridad.

Y le ordené al demonio:

—¡En el nombre de Jesucristo, no toques a la criatura! ¡Sal de ella ahora!

La mujer se calmó.

Rechinaba los dientes.

Sus ojos... estaban **vacíos. Lejanos. Demoniacos**.

Las manos se le retorcían como garras.

La llamé por su nombre:

—¡Yessenia! ¡Vuelve en ti!

Sus ojos parpadearon. Su expresión cambió.

Volvió en sí.

La ayudamos a ponerse de pie, confundida, sin recordar nada de lo ocurrido.

Al día siguiente, en una reunión privada de consejería, la verdad salió a la luz.

Yessenia nos contó con lágrimas que su abuela había sido **hechicera**, y que **la había entregado a la magia negra desde**

niña. Por ocho años, había sido atormentada por espíritus del infierno. Pesadillas. Voces. Oídos tapados. Parálisis nocturna. Ataques de pánico.

Le ofrecí ministrarle liberación. Ella aceptó.

Pero **algo extraño ocurrió**.

Cada vez que íbamos a orar, **ella se dormía de inmediato**.

Un sueño profundo, con ronquidos intensos.

No era normal. **Era el demonio durmiéndola para impedir su liberación**.

Entonces le hablé al espíritu directamente.

—¿Cuál es tu nombre? —pregunté con autoridad.

Y con una voz masculina y horrenda, respondió:

—**Magia Negra.**

—¡No estoy solo! Somos siete —dijo.

Y comenzó a enumerarlos:

1. Magia negra
2. Tarot
3. Lectura de la mano
4. Iris del ojo
5. Idolatría
6. Tormento
7. Santería y brujería

¡Era una red espiritual heredada!

Un linaje de oscuridad que se manifestaba ahora **a través del vientre de una mujer inocente**.

Con el respaldo del cielo y la sangre de Jesús, comencé a echarlos fuera uno por uno.

Algunos salían llorando... como la voz de una niña de cinco años.

Otros salían maldiciendo, gritando, convulsionando.

Otros salían con enormes bostezos.

Otros en un silencio total...

Pero todos salieron.

Y **Yessenia fue libre**.

El bebé en su vientre no fue tocado.

Nació sano.

Y hoy, ese niño **tiene 13 años**.

Yessenia y su esposo son pastores de una iglesia cristiana, predican el evangelio con poder y testifican que el Jesús que liberó en aquel culto de fuego... es el mismo que hoy los guía y protege.

Porque escrito está:

"Y conoceréis la verdad, y la verdad os hará libres."

— Juan 8:32